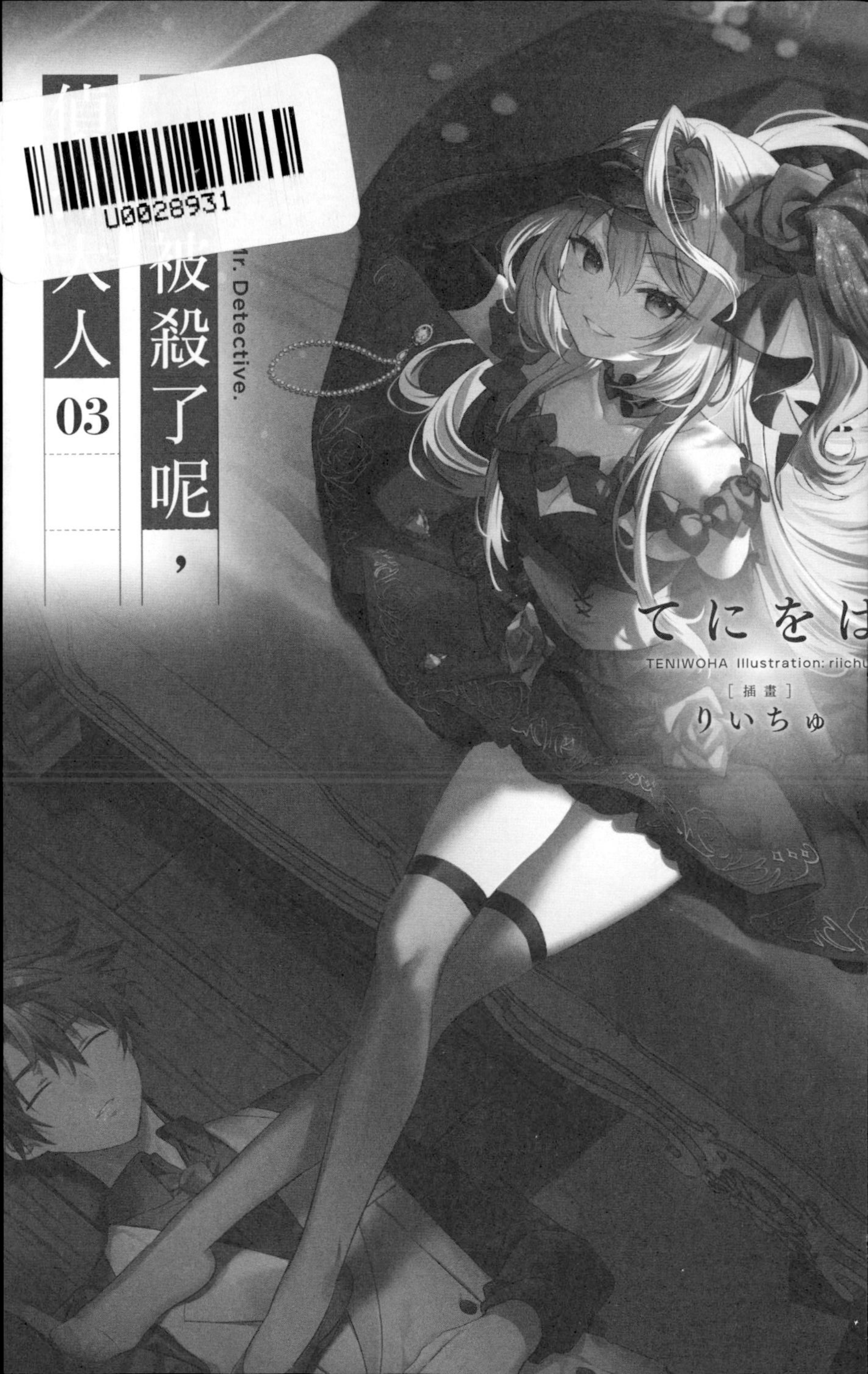
被殺了呢，
人
03
Detective.
てにをは
TENIWOHA Illustration: riichu
[插畫]
りいちゅ

事件筆記

KILLED AGAIN, MR. DETECTIVE.

佇立者之館（Demonia Kavira） 平面圖

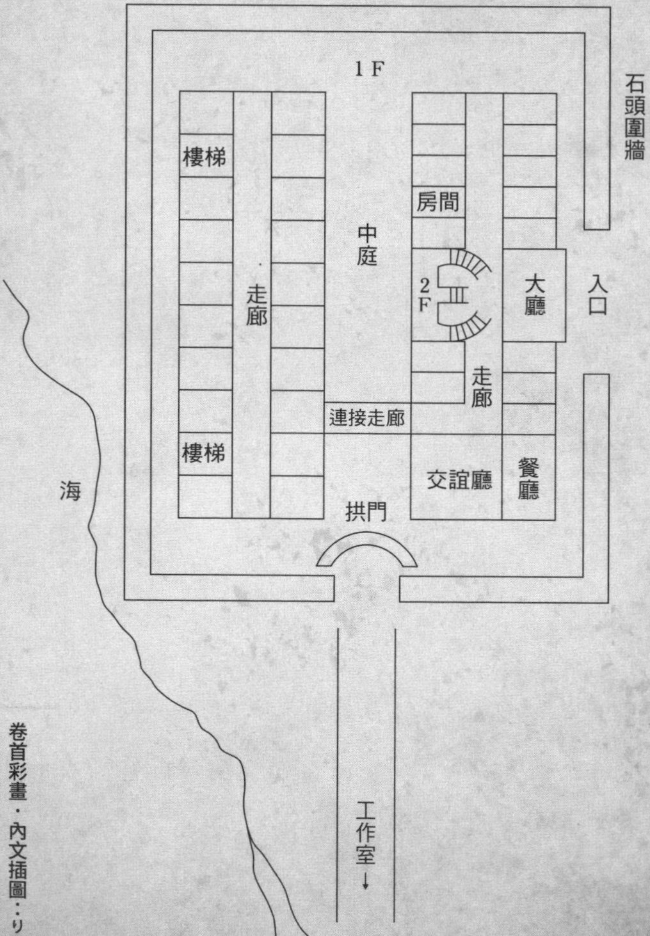

卷首彩畫・內文插圖・りいちゅ

偵探大人，你又被殺了呢 03

Killed again, Mr. Detective.

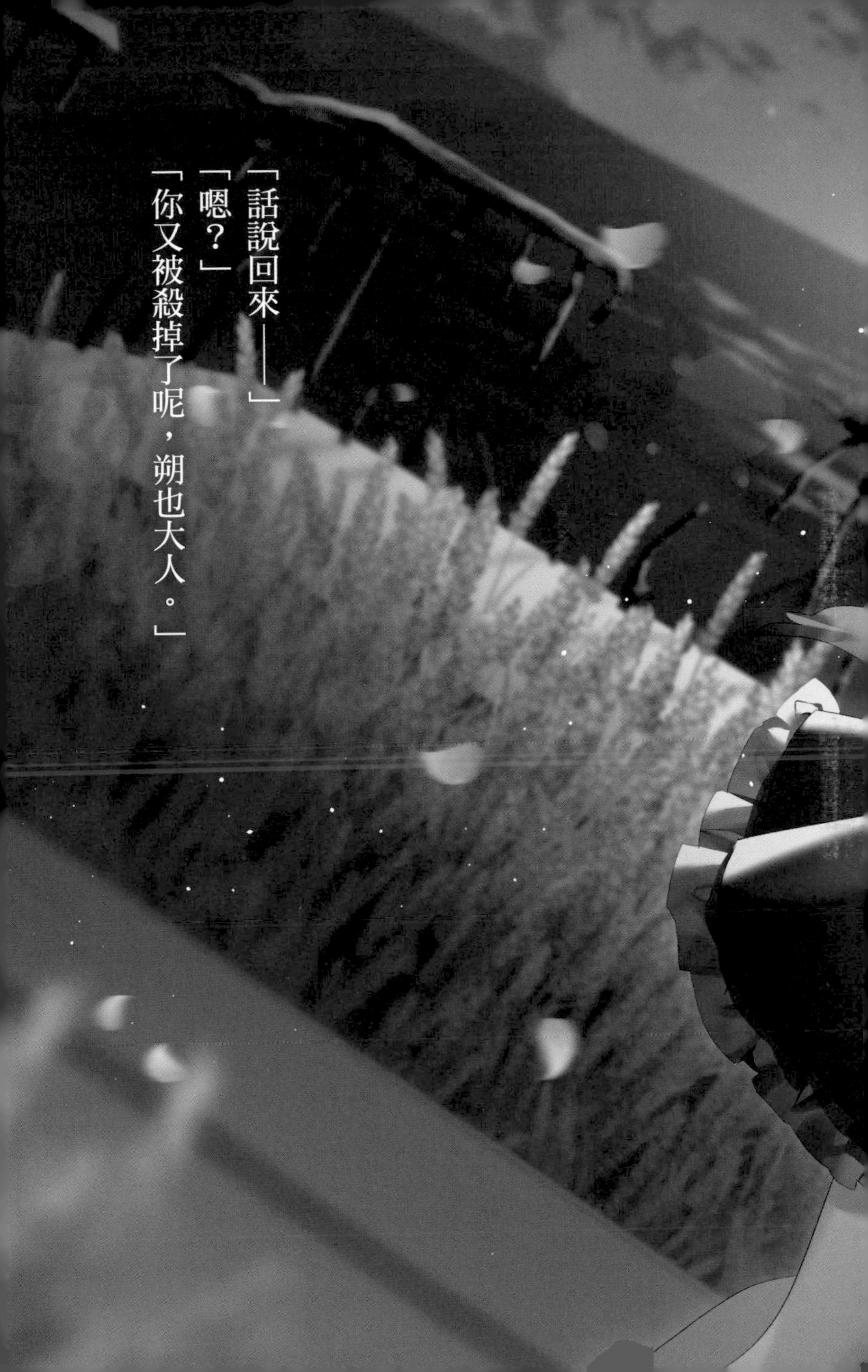
「話說回來——」
「嗯？」
「你又被殺掉了呢，朔也大人。」

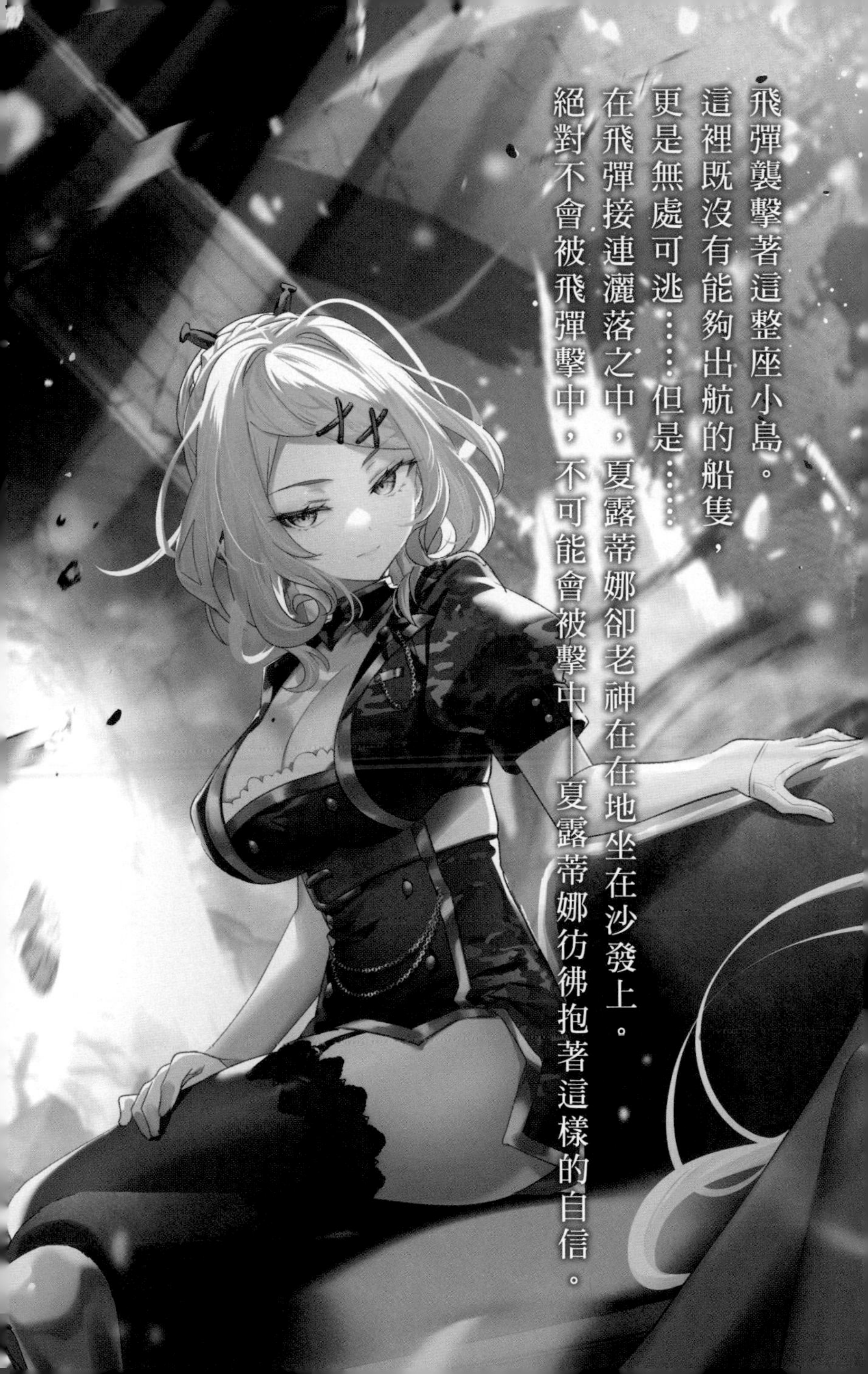
飛彈襲擊著這整座小島。
這裡既沒有能夠出航的船隻，
更是無處可逃……但是……
在飛彈接連灑落之中，夏露蒂娜卻老神在在地坐在沙發上。
絕對不會被飛彈擊中，不可能會被擊中——夏露蒂娜彷彿抱著這樣的自信。

阿爾特拉

夏露蒂娜的左腕。外表看起來兇暴無比，而實際上也真的很兇暴。

卡爾密娜

夏露蒂娜的右腕。擅長使用槍砲武器。

CHARACTER

你又被殺了呢，
偵探大人

哀野泣

在冷門的網路雜誌上連載漫畫的漫畫家，同時也是朔也的朋友。

CONTENTS

你又被殺了呢，
偵探大人

畫廊島殺人案
—後篇—

KILLED AGAIN, MR. DETECTIVE.

第五章　朔也大人並沒有彈鋼琴的嗜好

菜鳥偵探的我——追月朔也，以及助手莉莉忒雅。

英國最強偵探犬費多及其助手貝爾卡。

然後跟著一起跑來的新人女演員兼我的徒弟——灰峰百合羽。

我們一行人在最初的七人（Seven Old Men）之一——夏露蒂娜・茵菲利塞斯的恐怖邀約下，從東京出發了。

不用說，這將是一趟充滿各種危險的旅程。如果可以，我真的很想鄭重回絕邀約，但我想知道，至今連生死或下落都不明的老爸究竟發生了什麼事。而為了獲得資訊，這趟危險之旅不得不成行。

旅行的目的地，是位於地中海的夏露蒂娜私人島嶼，瑞吉蕾芙——

然而就在前往途中，船隻故障加上暴風雨阻撓，讓我們漂流到了寶瓶島——又稱畫廊島（Galleria isola）上。

暴風雨中的孤島——但願什麼事情都別發生。

或許因為心中想著這種事情的緣故……

事件發生了。

首先，來到島上參訪的攝影家哈維的遺體被發現，而且是以極為駭人的狀態。

以此事為開端發生了**各種事情**後，隱藏的真相被攤到陽光下，事件也順利解決了。

然而，將偵探困在其中的暴風雨孤島是不會那麼輕易就解放獵物的。

□

「德米特里被賽蓮殺掉了！」

卡蒂亞・柴伐蒂尼一來到地下便鐵青著臉如此大叫。

「妳說德米特里嗎！」

卡蒂亞的兒子，講話愛嘲諷的德米特里。

竟然——被殺了？

「在西館的三樓！血……流了好多血……！」

「怎麼會……怎麼會有這種事！」

萊爾當場發出比平常還要大分貝的聲音。

「居然被殺了！」

「等、等一下呀！被賽蓮殺掉是什麼意思？不是剛剛才證明過賽蓮的真面目是古拉菲歐嗎！沒錯吧？」

貝爾卡抱著頭看向我，然而我自己也是腦袋極度混亂。

不過——這麼說來，從我們準備出發搜尋哈維時就沒見到德米特里的身影了。

當我們在露西歐菈的房間喧譁的時候，他也沒有現身。

「古拉……菲歐？我不知道妳在講誰啦，總之這邊出大事了！別管那麼多，快點過來看呀！」

卡蒂亞對於貝爾卡的發言不耐煩地怒吼回應後，不管三七二十一就把我們通通拉上樓了。

爬上階梯回到地下室，再搭進電梯中。

夏露蒂娜和她兩名部下也一副理所當然地坐進電梯中。由於人數變得比剛才下來時還要多，電梯內空間感覺很狹窄。

「我想說大家吵得那樣鬧哄哄的，那孩子怎麼從頭到尾都沒有露臉……就跑去德米特里的房間看一下，發現他不在……所以我覺得很奇怪，到處尋找，發覺連接走廊的門開著……於是我跑到西館去找那孩子……結果就！」

卡蒂亞一秒鐘都不願浪費似地開始說明起當時狀況。

而在說明途中，我稍微瞥眼瞄了一下夏露蒂娜。

像這樣排在身邊重新觀察起來，就覺得她的身高比莉莉忒雅還要矮，簡直像個小孩子一樣。

夏露蒂娜說她是為了尋求埃利賽奧・德・西卡的作品，而決定留在這座**畫廊島**上。

從未對外公開過的，埃利賽奧真正的處女作——假如真有那樣的東西，價值肯定非常可觀吧。

話說回來……

這麼纖細嬌小的女孩子，竟然會是最初的七人（Seven Old Men）——

這女孩究竟是經歷過怎麼樣的人生才會成為大富豪怪盜（Celebrity），背負了徒刑一千四百六十六年這樣脫離常軌的罪名？我實在難以想像。

雖然難以想像，不過如今我已能親身體會。

這傢伙毫無疑問就是大富豪怪盜（Celebrity）。

要不然，她不可能做出命令潛水艇發射飛彈轟炸洋館這種指示。

飛彈發射的**預定時間**為明早六點，據說夏露蒂娜命令潛伏於海中的潛水艇會毫不留情地發射飛彈。

屆時究竟會釀成多嚴重的傷害，根本無法估計。

不分被害人或凶手，既非殺人事件也沒有什麼詭計。全部都會一併被炸飛，埋沒在瓦礫堆下。

我必須在那之前解決事件，說服夏露蒂娜——或者讓她感到滿足才行。

就在這時，我們不經意對上眼睛。

她或許也在想事情，抑或腦袋正在放空，既沒有在瞪我，也沒表現出嘲笑，而是一副想說「真令人期待呢」似地對我露出微笑。

那笑容看起來簡直就像個普普通通的可愛小女孩。

別這樣，不要讓我看到那種表情。

既然是個大罪人，最起碼也表現得像個惡魔吧。

「……話說，這些女孩子是誰？她們原本就在嗎？」

卡蒂亞如今才發覺夏露蒂娜一行人的存在，竊聲詢問。

「呃……這位是大富豪家的千金，由於在搭船旅行途中遭遇暴風雨，所以漂流到這座島上的樣子。」

我如此告訴卡蒂亞，掩飾過去。

關於轟炸島嶼的事情，我決定暫時隱瞞這座洋館的人物以及柴伐蒂尼一家人。

畢竟現在就算告訴她們這種事，也只會製造不必要的混亂和恐懼而已。

我們現在光是被困在無路可逃的暴風雨之中面對殺人事件，就已經很夠受了。

□

一如卡蒂亞所言，通往連接走廊的門被開鎖了。

我們也確認一下鑰匙保管箱，沒看到連接走廊用的鑰匙。

「烏魯絲娜小姐請和露一起待在房間裡。」

「……我明白了。來，大小姐，這邊請。」

「可是、那個……」

露西歐菈動著發青的雙唇似乎有話想說，但最終還是閉上了嘴巴。她的臉色幾乎呈現蒼白。畢竟她好一段時間只靠義肢勉強到處跑動，又經歷那段漫長而辛酸的自白，會感到疲憊也是必然的吧。

再加上，那女孩此刻正為了自己的所作所為承受自責之苦。

「各、各位請小心喔。」

我們讓露西歐菈與烏魯絲娜小姐留在東館，其他一行人浩浩蕩蕩前往西館。

連接走廊的長度相當短，不消十步便能碰上另一頭的門。

我走入館中，點亮手電筒。

西館裡滿是灰塵與溼氣。

走廊牆壁上掛有一張又一張老舊的畫布，其中好幾張都被畫刀之類的東西劃破。

想必每一張都是埃利賽奧遺留下來的東西吧。

這個地方堆積了埃利賽奧身為畫家的大半人生故事與苦惱。然而現在我們要是不想想辦法，再過十個小時之後這一切都會化為灰燼。

與東館不同的是，西館沒有電梯，要前往上面的樓層只能利用樓梯。

樓梯雖然在南側與北側各有設置一道，然而南側的樓梯也許是年久失修，從途中就崩塌了。因此我們不得不特地繞遠路，從北側的樓梯上樓。

「就在這邊！快點！」

不久前還在喝紅酒的卡蒂亞，如今臉色已變得徹底發青。

在昏暗的光線中一邊注意腳下一邊爬樓梯，比想像中還要花時間。

「就在那間房間……」

我們一爬上樓梯頂部，卡蒂亞便伸手指向朝南側延伸的走廊最深處的房間。

那房間的房門敞開著。

我走近門口，窺探房內。

房間裡相當幽暗，一盞燈都沒打開。似乎是老舊的電燈已經燒壞了。

於是我靠著手電筒的光線進入房中。

房內可以看到上面空無一物的小型木製畫架以及看起來老舊不牢靠的鐵管床架，上面鋪有沒包著床單的單薄床墊。另外還有已經乾枯的老鼠屍體倒在地板角落。

在這樣一間房間的中央地板上——有一灘鮮血。

房間深處的窗戶玻璃遭打破，被雨淋溼的窗簾在強風中激烈擺盪。

光看一眼就知道，這情景絕不正常。

我靠近觀察，在血灘旁邊發現連接走廊用的鑰匙——以及一條眼熟的橘色布料。

撿起來一看。

「……是德米特里的領巾。」

連接走廊的鑰匙也掉在一旁，但四周看不見最關鍵的德米特里身影。整間房間只充滿來自屋外的暴風雨及海浪聲響。

「卡蒂亞小姐，德米特里在哪裡？」

「看、看不到他的身影。可是光看那灘血就能知道了吧！」

的確，這出血量絕不尋常。再怎麼估算，少說也有受重傷的程度，搞不好是致命傷。

卡蒂亞用發抖的手指向窗戶。左右對開的窗戶都往外敞開，破裂的玻璃碎片散落一地。

「那孩子肯定是遭到襲擊後，從那窗戶被帶走了！」

斑斑血跡從血灘一路朝著窗戶延伸。

「從窗戶……？」

推出去的嗎？

我注意不要被碎玻璃割傷，小心翼翼地把頭探出窗戶一看。

「哇噗！」

結果打在房屋外牆上的風順著牆壁以猛烈勁勢由下往上颳起，害我被嚇了個正著。

在強風中，我皺著眉頭拿手電筒往下照確認，然而沒有任何東西掉落在下方。毫無收穫。

我只好梳著被吹亂的頭髮，離開窗邊。

莉莉忒雅則是蹲在那灘鮮血前，確認血液的狀態。

還沒有開始凝固，是比較**新鮮的血液**。

然後——

「莉莉忒雅。」

「是。」

有某人利用那灘連凝固都還沒開始凝固的鮮血，在地板上留下了文字。

Siren

「是被害人（德米特里）留下的訊息啊。」

費多把鼻頭從我腋下鑽出來，如此說道。

「卡蒂亞小姐之所以會提起賽蓮，原來就是這個理由。」

接著，貝爾卡也有樣學樣地把臉從莉莉忒雅的腋下鑽到前面來看。

「賽蓮嗎……可是光靠這點根據就說是真的有傳說中的生物從海中冒出來殺人，有點讓人難以置信呢……這訊息會不會其實另有含意呀？」

對於貝爾卡這樣單純的疑問，卡蒂亞當場勃然大怒。

「這可是那孩子在臨死之際留下的訊息喔？在那樣的狀況下怎麼可能還特地留下什麼拐彎抹角的提示！又不是什麼推理小說！若真要做那種事，乾脆直接把真凶的名字寫下來不就好了！」

這麼說的確也有道理。

假如是小說中發生的事件，作者可能為了增加解謎的複雜程度而使用宛如暗號的訊息當成所謂的死亡訊息。但很遺憾，我們這是現實世界。然而，被害人若遇上無法直接確認凶手長相或名字就斷氣的狀況，也是有可能留下凶手的特徵或與凶手有所關聯的話語。

由於我本身有過經驗，所以我自認對這方面的心理應該會比其他人來得瞭解。然而假如真是那樣，就代表德米特里是被**令人怎麼想都是賽蓮的人物**給襲擊的意思了。

「好了，雖然現場找不到遺體，不過關於犯案凶器……」

我抬頭左右張望。結果莉莉忒雅站起身子，伸手指向擺在房間入口旁邊的小桌上。

「會不會是使用了原本放在那裡的東西？」

我起身確認一下，桌上沒有什麼東西。只能看到積在桌面上的灰塵。

不過莉莉忒雅發現的並非凶器本身，而是留下的痕跡。

「啊，只有這一塊沒有灰塵堆積。會不會是擺放過花瓶之類的東西留下的痕跡？」

「我也是這麼認為的。姑且不論究竟是花瓶還是其他東西，總之凶手應該就是把原本擺在這裡的東西高舉起來，砸向德米特里先生的吧。」

假設凶手真的是賽蓮好了，那樣傳說中的恐怖存在會利用什麼高舉花瓶砸人這種現實的手法嗎？

總覺得賽蓮應該會用詛咒殺人、撕裂身體或吸食鮮血之類，其他的殺人方式吧？

不，畢竟我沒親眼見過，所以也無法斷定賽蓮究竟會使用什麼攻擊方法就是了。

「在房間裡也看不到凶器啊。」

費多說得沒錯。

這裡原本是一間幾乎沒擺什麼東西的空房間，而我們不消多少時間便能確認這點了。

「搞不好連凶器也一起從窗戶被丟到外面去囉。」

以方位來說，這房間窗外就是一片大海。假如把凶器從三樓這扇窗戶往外丟，毫無疑問會被丟進底下波濤洶湧的海中。

「此刻凶器早已被大浪吞沒，完全銷毀了證據……是嗎？」

我如此呢喃的同時轉頭看向費多，發現牠不知為何把前腳踏到床上，似乎在確認什麼事情。

「怎麼了？」

「這裡也沒有積灰塵。」

「你說床上？」

「我稍微去調查一下。啊，等等我呀，老師！」

費多說著，逕自離開了房間。

雖然我不清楚牠究竟抱有什麼想法，但我就盡力做好自己能做的事吧。

「莉莉忒雅，我記得最後一次見到德米特里，應該是在我們為了尋找哈維先生，而打算出門到洋館外面的時候對吧？」

「是的，我記憶中當時大約是下午六點。」

「後來直到我們在地下空洞處理著各種**麻煩事**的時候，都沒有人再見到他的身影就是了。時間上算起來應該前後剛好一個小時左右吧？」

「但是朔也大人，當大家從屋外回來之後，除了德米特里先生以外的所有人都有聚集到露西歐菈大人的房間。因此至少可以說，我們從外面回到屋內以後，所有人都有不在場證明了。」

「啊，確實可以這麼說。那麼有可能犯案的時間，就只有我們在屋外到處找人的那段期間了。」

意思說當我們為了露西歐菈的事情搞得人仰馬翻的期間，德米特里早已在檯面下被人殺害了。

「若這樣講，當時有可能犯案的人物不就是——」

我故意沒有繼續講下去，無言地對莉莉忒雅使眼色。

當時留在洋館內的人物只有露西歐菈、伊凡與卡蒂亞三個人。

其中比較可疑的是伊凡，以及自稱第一發現人的卡蒂亞嗎？

不，但卡蒂亞是德米特里的母親。而且當時她跑來向我們告知德米特里的事情時臉上害怕的表情，我不認為是演技。

「我們出門去尋找哈維先生的時間……前後頂多五分鐘，估算得再久應該也只有十分鐘而已吧？」

「是的，而凶手就是在那段期間爬著西館昏暗的樓梯到三樓殺害德米特里，隱藏遺體後又立刻下樓回到東館——的樣子。」

「西館沒有裝電梯，南側的樓梯又崩塌，讓人必須繞遠路。這樣時間上算起來……很緊迫啊。」

「而且要在不曉得我們何時會從外面回來的狀況下執行這些行動，對凶手而言可說是有點冒險呢。」

我們思考得越是深入，就變得越搞不懂犯案的手法了。

試著稍微改變一下思考方向吧。

「說到底……德米特里為什麼會自己一個人到西館來？」

我自言自語般如此呢喃後，莉莉忒雅也做出沉思的動作。

沒錯，我們並不曉得，德米特里甚至特地去拿鑰匙開鎖也要到西館來的理由。

「假如沒什麼目的就應該不會到這種地方來才對。而且還是希望盡可能自己一個人過來的目的……」

「會不會是……要尋找什麼東西呢？」

或許被我傳染了，莉莉忒雅的語氣也變得像在自言自語。

不過，原來如此。找東西啊——感覺有可能喔。

「啊。」

也許是讓思考方向稍微轉彎的方法奏效，我稍遲才想到自己還有沒檢討過的可能性。

有，若只論可能性，不是還有其他嫌疑人嗎？

「朔也大人……？」

我轉身背對一臉訝異的莉莉忒雅，走回房間的出入門口。

然後到房間外，走向背靠著走廊牆壁從容不迫地觀望事態發展的女孩——夏露蒂娜，站在她面前。

而她也沒表現出什麼驚訝的態度，抬頭望向我。

「怎麼啦？你想邀我這朵壁花到舞池中嗎？」

「夏露，妳是什麼時候登陸這座島嶼的？」

「就在剛剛呀。你不是在地下空洞也看到了？朔也，你還好嗎？總不會腦細胞出了什麼問題吧？」

「對，我有看到。但**那樣足以證明當時就是妳們第一次登陸嗎？**」

「你的意思難道想說，夏露們其實在那之前就偷偷登陸到島上，偷偷進入房子裡殺了人嗎？」

「我只是在講可能性的問題。只要靠妳那艘潛水艇就隨時都能突破孤島模式從外側來訪。這可是妳自己講過的話喔？所以——」

「並沒有那種可能性。這座島嶼周圍沒有其他能夠讓潛水艇打橫靠岸的場所。再說，要那麼湊巧不讓你們所有人撞見身影，往來西館和東館之間殺人。你覺得這種事情有可能順利辦到嗎？」

既然她這麼說，我也只能閉嘴了。畢竟關於這點其實我自己已經檢討過，因此終究只是站在可能性的角度上問個話而已。

「而且順便再提醒你一點：夏露可是什麼動機都沒有喔。」

「妳想主張沒有動機就不會犯罪嗎？身為最初的七人（Seven Old Men）之一的妳要講這種話？」

「喂，渾蛋！從剛才開始到底在搞什麼！這個渾蛋加三級！」

我們交談到途中，冷不防地有一名高䠷女性插入我們之間。

是夏露蒂娜的部下之一，我記得好像被稱作阿爾特拉。

「你少在那邊囂張，還懷疑咱們家的大小姐！看我把你的左右腦對調位子，讓你連彈個鋼琴都沒辦法好好彈！」

阿爾特拉的手臂以迅雷不及掩耳的速度朝我側頭部伸過來，真是有如野獸般的凶猛性與迅捷度。

然而很幸運的是，那招嚇人的手刀在快要擊中我太陽穴時驚險偏開了。

「朔也大人並沒有彈鋼琴的嗜好。」

是莉莉忒雅用她白皙的一隻腳把阿爾特拉的手刀往上踢開，偏移了對方的攻擊軌道。

或許因為沒料到自己的攻擊會被擋下，阿爾特拉緩緩轉頭。交互看看自己被彈開的手臂以及莉莉忒雅的腳之後——笑了。

「呀哈哈。搞啥呀，這不是有個可愛的傢伙嗎！太棒啦！我詛咒妳～！大小姐！可以在這邊開打嗎？」

「不～行。難得大家都在愉快解謎，要是讓阿爾特拉搞起一場沒有動機也沒有玄機的殺戮行動，不就全部糟蹋掉了嗎？」

「怎麼這樣～！」

即使遭到主人管教，阿爾特拉依舊無法放棄和莉莉忒雅交手似地耍起任性。

「妳就安靜一點吧。」

「要不然，要不然這樣吧！我會乖乖待著，所以等一下拜託妳做『那個』吧，大小姐。好久沒做了！」

「什麼，妳又來了？才不要呢。上次才剛做過不是嗎？」

「什麼上次！都已經二十四天前了！拜託妳啦！有什麼關係嘛～！這次要比上次再慢一點……」

「妳笨呀！不要在這種地方講到細節啦！」

阿爾特拉不知準備講出什麼話，忽然被夏露蒂娜慌張摀住了嘴巴。夏露蒂娜的臉上還明顯羞澀泛紅。

「唉……好啦，我知道了。夏露會幫妳做啦。真受不了。」

「太棒啦～！」

雖然我搞不太清楚狀況，不過看來最終是夏露蒂娜被折服了。阿爾特拉像個小孩子般開心彈跳起來。

「太、太不公平了！竟然想要一個人獨占那個！大小姐……呃，我……那個……」

「卡爾密娜！連妳也要呀！拜託妳們別再講話了行不行！」

她們說的『那個』究竟是什麼啊？

夏露蒂娜一行人之間的關係性越聽越撲朔迷離。

「就是這樣，這次老娘放過妳吧。妳叫啥？」

「本人名叫莉莉忒雅。」

「我叫阿爾特拉，下次我就斃(Kill)了妳。」

「這樣呀。」

莉莉忒雅即使聽到阿爾特拉的威脅臺詞，也絲毫不為所動。

唉，莉莉忒雅處變不驚的膽識真的令人佩服。多虧有她，讓我們勉強撐過了這場一觸即發的危機狀態。

「真受不了，我才離開一下下，這裡就變成了什麼羅馬競技場嗎？」

正當我鬆下一口氣的時候，費多與貝爾卡回到房間來了。

「你們跑去哪啦？」

「隔壁，隔壁的隔壁……我調查了一下這邊的幾間房間。」

「其他房間？對、對呀！聽妳這麼一說，屍體的確有可能被隱藏在其他房間裡呢……！」

「不對。」

卡蒂亞雖然領會費多的意圖而點點頭，但卻遭到費多本身毫不留情地否定了。

「不、不是那樣嗎……？」

「我原本也是那樣想，所以趕緊去把這層樓的其他房間全都看了一遍，可是什麼都沒看到。」

果然，遺體消失了。

「我就說沒有那個必要了。怎麼這樣～人家好努力的說。咳，老師的意思是，牠想確認一下床鋪的狀況。而根據調查的結果，牠說關於被害人消失之謎，牠想到了一項假說。」

如此說明的貝爾卡不知為何抱著一條白色床單。

「妳說什麼？」

這可是不能放過的重要資訊。

「意思說凶手讓德米特里從這房間消失的手法已經知道了？」

「別急，只是假說啦，假說。不過利用這個方法就有可能辦到了。貝爾卡。」

費多一聲令下，貝爾卡將她拿來的床單大大攤開。

「這是從隔壁房間的床上拆下拿過來的喔～」

貝爾卡不知在得意什麼。

「每個房間的床都有鋪床單。雖然也許因為沒在清理，每張床上都**積滿灰塵**就是了。」

可是，案發這間房間的床卻沒有鋪床單，裸露的床墊上也沒有灰塵堆積。

這意思就是說——

「有人把床單拆下來，拿去做了什麼事？」

「就是這樣。那個人就是凶手，至於要說拿去做了什麼事，當然就是讓德米特里的屍體從這房間消失了。」

「可是用床單要怎麼做？」

「貝爾卡，妳照我剛才說過的做做看。是，老師！」

貝爾卡將床單像披風一樣披到肩上，把床單角與角拉到胸前打結；接著在腰部把剩下的床單角同樣打結後，用後退的方式靠近窗邊。

大家都在觀望她究竟想做什麼。也許受到眾人注目而覺得開心吧，貝爾卡露出笑咪咪的表情。

「你們看著喔～」

她接著把手伸向後面用力推開窗戶，將背後的床單垂到窗外。

「老師，這樣就可以了吧？」

下個瞬間——

從下面颳上來的強風一吹，轉眼間就讓床單鼓得像降落傘一樣，把貝爾卡的身體用力往後拉扯。

「嗚哇！哇！哇哇！」

畢竟床單角和她的身體綁在一起，會這樣也是當然的。

「呃……等等，老師！這、這樣就好了嗎？沒問題吧？可是這樣下去我會從窗戶掉下去喔？喂～！我、我要掉下去了啦～！」

「貝爾卡！」

我趕緊衝過去，抓住她的手臂將她拉回來。

差點就讓她被風力拉到窗外去了。

「誠如所見。只要把床單綁成降落傘的樣子再利用暴風雨，就能在某種程度下把屍體運送到遠處了。喂，老師，太過分了！如果是這麼危險的示範表演，拜託你事先告訴人家啊～！我差點就死掉了……」

偵探犬無視於險些送命的貝爾卡嚷嚷抗議，又繼續說道：

「眼前是一片汪洋大海。除非強風忽然鬧脾氣不吹了，否則遺體想必最後就是撲通一聲掉到海中，不會輕易被發現了。」

「比起推落到出去一找就能找到的窗戶正下方，更能有效率地把遺體隱藏起來……是嗎？」

「沒錯，至少這下可以證明，即使不靠什麼魔法或奇蹟般的力量，也是有可能讓遺體消失的。」

展現完一番精明的推理後，費多便「哈、哈」地真像隻狗一樣吐舌頭呼吸起來。

相對地，我別說是吐舌頭，根本驚訝到舌頭都捲起來了。

偵探犬費多，曾經與老爸合作解決過事件的經歷還真不是蓋的。

哦哦，現在可不是佩服到停止運作的時間。

「這麼說來，卡蒂亞小姐，請問伊凡先生怎麼了？」

「……那個人在自己房間。」

「請問他知道狀況嗎？我是說，關於德米特里失蹤的事情。」

「當然知道。剛才他就是跟我一起到這裡來確認的。正因為這樣，現在才會關在房間不出來呀。說什麼無法相信任何人……老實講，我現在也不太想到處亂跑。畢竟接著那個攝影師之後又是德米特里……連我兒子都被殺掉了。這不是代表這座島上有個連續殺人犯了嗎？」

這麼說來，關於哈維之死的真相我們還沒時間告訴伊凡和卡蒂亞。因此他們兩人到現在還認為殺害哈維的凶手就在我們這些人之中。

「呃，關於哈維先生的事情——」

於是我將哈維事件的真相簡單扼要地告訴卡蒂亞，結果她對這超乎想像的真相頓時瞪大眼睛。

「因此這兩起事件之間其實是沒關係的。」

「居然會有什麼虎鯨……可是就算這樣，我也沒辦法安心呀！德米特里可是被殺掉的喔？所以還有其他凶手存在的事實依然沒變嘛！」

她這麼說也沒錯，謎團反而越來越難解了。

一直待在西館這間幽暗的房間中也無助於事態發展，因此我們決定回到東館整理一下狀況。

「嗯？這是……」

然而正當準備回去的時候，我在南側走廊並排的房間之間發現了一扇房門跟其他房間造型不同。

於是我輕輕把門打開一看，門後有一道跟我們過來時那道不同的狹窄樓梯，而且是往上通往更高的樓層。

其他人都已經準備要下樓了。

該怎麼辦？

我稍微猶豫一下，但由於實在感到很在意，所以決定試著爬上那道又昏暗又陡峭的樓梯看看了。

爬到樓梯最頂端有一扇門。雖然門框有點扭曲變形，但勉強可以往外推開。

門一開的瞬間，強風迎面而來，差點把我全身又推回後方。

門的另一側是這棟房子的頂樓。

從地面往上看的時候，我還以為這房子是三角屋頂構造的說——

「原來頂樓還有這樣一塊空間啊。」

頂樓周圍有高度及腰的鐵柵欄圍繞，姑且做到防止摔落的安全措施，然而柵欄隨處可見生鏽腐朽而空缺的部分。

我小心翼翼地靠近已經沒有柵欄的地方，探頭往下望。

從這裡看下去，高度就相當高。

萬一掉下去絕對會無法安然無事。

「朔也大人。」

「哇！嚇、嚇死我了！」

突然被人從背後叫一聲，害我差點真的掉下去了。於是我趕緊轉回頭，發現表情看起來莫名不太服氣的莉莉忒雅站在那裡。

「妳別嚇我啊，莉莉忒雅！」

「請你不要忽然消失蹤影，其他人都已經回到東館了。」

「哦哦，我只是發現通往屋頂的樓梯，所以稍微來看看而已。」

「原來還有這樣的地方呢。」

抬起頭可以看到對面東館的頂樓。雖然由於光線昏暗看不太清楚，不過那裡似乎有一部分堆了土壤的區塊。
面積大約五公尺見方左右。
那一片土壤上不知種植著什麼花，在強風中擺盪。
雖然面積不大，但可說是個出色的花圃。
「是空中花園呢。」
「看起來應該是。哦哦，這邊也有。」
我重新觀察自己腳邊才發現，這一側的頂樓也有一塊大約相同大小的花圃。只是這邊的花圃中什麼花都沒有種植。
「會不會是這邊的屋頂都沒有人會來照料？」
「不，朔也大人。雖然有違你的推論，不過……」
莉莉忒雅就地蹲下身子，輕輕摸了一下被淋溼的土壤。
「在這邊有稍微被翻耕過的痕跡。」
聽她這麼一說，我仔細觀察。確實零星可見有人用小鏟子之類的東西翻動過土壤的痕跡。
「真的欸。是露西歐菈嗎？會不會是原本想照料花圃但又半途放棄了？」
但真要這樣說的話，感覺又做得有點半吊子。明明半途而廢，土壤上卻又完全看不到人的腳印。

總不會是只有留下腳印的部分特別仔細把土壤整平過吧？

雖然要說真是那樣其實也不是沒有可能的事情，但我心中總是感到有點不自然。

□

「各位，我準備了一些簡單的餐食，若不嫌棄還請享用。」

當我用手磨蹭著涼透的身體回到交誼廳時，剛好遇上烏魯絲娜小姐端來幾個盤子排到桌上。

麵包、湯品與咖啡。雖然樸素，然而對於剛才沒能吃到晚餐的我們來說實在是很貼心的招待。

我將我們在西館看到的東西告訴烏魯絲娜小姐，並反過來也詢問了一下露西歐菈的狀況。

「請不用擔心。只不過由於在那個地下空間長時間浸泡海水的關係，大小姐的身體有點涼。用毛毯包裹身體後，她很快就睡著了。」

「這樣啊……」

我瞄了一下時鐘。

時間即將來到晚上九點。

距離最終時限剩下九個小時。

就算我去拜託夏露蒂娜不要發射飛彈——想必也是徒勞無功吧。假如她是個動之以情就願意改變想法的女孩，肯定也不會被判處那樣比起一般犯人整整差了兩位數之多的徒刑期間。

到了真的不行的時候，我也只能把事實告訴大家，然後尋找從島上脫逃的方法了。

然而——現在島上只剩一艘船底開洞的小型船。

受不了，居然給我把事情搞得這麼棘手。

我有點好奇這個麻煩狀況的罪魁禍首——夏露蒂娜現在究竟如何而偷瞄了一眼，發現她坐在沙發上倒是挺安分的。

「在暴風雨中的洋館發生的殺人事件，簡直就像坐在特別座觀賞解謎遊戲一樣呢。」

我錯了。她只是乍看之下很安分，但其實是極為不正經地享受著現在這個狀況。

至於卡爾密娜與阿爾特拉這兩位不可鬆懈大意的隨從，則似乎為了細枝末節的小事情在反覆鬥嘴的樣子。

「喂，卡爾密娜，一起去廁所吧？」

「才不要。妳自己一個人去不就好了？」

「……因為我總覺得好像會出來呀。」

「那種事情不用講我也知道。就是因為妳快**尿出來**了，所以才要去廁所不是嗎？」

「不是那樣……我是說鬼怪。」

「阿爾特拉，妳該不會是怕鬼吧？難道妳其實已經被這間洋館的氣氛給嚇壞了？」

「我只有在上廁所的時候不行啊！感覺那種時候無論身心都處於毫無防備的狀態下……妳不覺得就像手無寸鐵的無防備象徵嗎？拜託啦，陪我去嘛！不然我就讓妳吃癟喔～」

「妳當自己是小女生呀！給我忍著！」

到底在講什麼話啦？

這兩個人，究竟應該嚴加注意比較好，還是可以放著不管，真難判斷。

我忍不住嘆了一口氣。

本來露西歐菈那段自白就讓事件落幕，此刻我們應該已經各自回房準備就寢地說。

「……話說，烏魯絲娜小姐，原來東西兩棟房子上面都還有頂樓啊。」

我為了掩飾嘆息，試著提起關於頂樓的事情。

「是的，雖然只有晾晒衣物的時候會用到而已。」

烏魯絲娜小姐說著，豎起指頭指向正上方。意思大概是說，平常會用來晾衣物的只有這棟東館的頂樓吧。

接著據她說，玄關大廳的那臺電梯可以直達頂樓的樣子。

「這麼說來，那裡有一塊好像是叫空中花園吧？一片像是花圃的地方。」

我一邊詢問，一邊享用麵包。真美味。

「其實也沒有到空中花園那麼別致的等級啦，大小姐會在東館的花圃種植一點花花草草而已。」

「那麼西館的花圃呢？」

我接著「滋滋滋」地飲用咖啡。這味道也不錯。

「說起來丟臉，那邊的花圃已經很長一段時間都沒有照料過了。畢竟平常根本不會有什麼事情要到那邊去。」

「無人照料……？」

「請問有什麼令你在意的嗎？」

「呃……因為我看到西館的花圃土壤有被翻動過的痕跡，本來想說會不會是平常有人跑到那邊去……對了，我剛才還有拍下那邊的照片。雖然只靠手機的閃光燈拍起來有點昏暗不清就是了……」

我如此表示後，拿出剛才回來途中拍攝的照片。映在照片中的是西館頂樓花園的土壤狀況。

「這樣呀……」

烏魯絲娜小姐感到有點奇怪地將視線落到手機畫面中的照片上。

「妳看這邊。土壤的表面看起來有被翻挖過吧？所以我本來還以為會不會是露或烏魯絲娜小姐去照料花圃留下的痕跡。」

她一邊聽我說明，一邊用指尖放大照片觀察。最後似乎發現什麼事情而「哦哦！」一地發出明亮的聲音。

「這是海鳥搞的鬼呀。」

「海鳥嗎？」

「牠們有時候會為了尋找餌食而飛到頂樓翻動土壤，大概是想尋找裡面有沒有蚯蚓之類的吧。哎呦，咖啡好像快喝完了呢。我去泡新的一壺來。」

烏魯絲娜小姐如此說著，轉身離開了交誼廳。的確，我手中的杯子不知不覺間幾乎快見底了。

「搞什麼……是海鳥啊。」

我抱著恍然明白又有一點失望的心境，把剩下的咖啡喝盡。

好啦，既然肚子都填飽了，這就立刻去拜訪一下伊凡的房間吧。

畢竟一如剛才莉莉忒雅的檢證，從現況來看，可能犯案且最可疑的人物就是他了。

於是我準備要從沙發起身時，忽然不經意看到坐在斜對面沙發上的卡蒂亞。

她的樣子——明顯不太正常。

「德米特里……是被拖進海中的……一定是這樣……」

她連咖啡也沒碰一口，用牙齒咬著塗了指甲油的紅色指甲，口中不斷呢喃自語。

「那傢伙竟然會被抹消掉……早知道就不應該到這種地方來了……！」

「卡蒂亞小姐，請問妳還好嗎？」

我忍不住感到擔心而開口詢問。結果卡蒂亞肩膀一抖，頓時回過神來看向我。

對於她內心受到的打擊，我無從估量。

「呃……我想妳肯定很擔心令公子的事情，不過目前還不確定他真的遭到殺害了。

畢竟我們尚未發現他的遺體。」

「……你的意思是說他搞不好還活在什麼地方嗎？明明流了那麼多血喔？」

「我只是在說可能性的問題……」

「明明都留下了那種血書文字，卻還待在房子的某個地方活得好好的？怎麼可能會有那種事！」

看來我出言安慰卻適得其反。卡蒂亞變得越來越神經質，歇斯底里地大叫起來。

「他被殺了！被賽蓮殺掉了！要不然……就是被埃利賽奧的亡靈！」

「請等一下。為什麼在這邊會扯到埃利賽奧先生的名字？」

這段不可忽視的發言讓我忍不住插嘴提問。結果卡蒂亞小姐「啊！」一聲抬起頭，用手摀住自己嘴巴。

那模樣看起來就像要把不小心脫口而出的發言當作沒講過一樣。

現在回頭想想，卡蒂亞的反應給人感覺和自己兒子被殺掉時會有的反應屬於不同種類。

那是恐懼。

懷疑下一個會不會輪到自己被殺的恐懼。

她為什麼會這麼想？

是否代表她心中有數，認為自己可能被盯上？

「卡蒂亞小姐，請問妳是不是知道什麼線索？例如說，德米特里究竟為了什麼理由跑到西館去……之類的。」

「我、我……我什麼都不知道！跟我沒關係！我跟這個家根本毫無關係！」
「毫無關係？這實在不像是親戚會講的話啊。」
「吵死人了！這種事跟你無關吧！少管閒事！」
這個人，究竟隱瞞了什麼——

——叮鈴鈴鈴鈴……！

就在這時，設置於交誼廳的電話響起。
現場所有人都過度敏感地把頭轉向電話。
在這段期間，莫名刺耳而令人不舒服的鈴聲又持續響了兩、三次。
我靠近電話一看，上面顯示內線的燈號亮著。
「這是內線電話。」
「搞、搞什麼嘛！」
百合羽和貝爾卡異口同聲地如此大叫。不過一反嘴上輕鬆的口氣，她們兩人的身體倒是緊緊抱在一起，呈現互相攙扶的模樣。看來是真的被嚇壞了。
「是誰打來的？」
雖然想必是從房子裡的某間房間打來的，但不接起來聽聽看也不曉得是誰。

「會不會是露？」

由於距離電話最近的人是我，於是我代表大家接起電話。

「……喂？」

試著發聲詢問。

然而沒有回應。

取而代之地，在電話另一頭可以聽見某種我從未聽過的奇妙歌聲。是女性的聲音……應該吧。音色澄清到令人不禁發毛的程度，不過又莫名帶有憂傷。

「喂？」

我試著再一次出聲詢問，結果從話筒中傳來男性痛苦呻吟的聲音。

『嗚……唔……是誰？』

「這聲音……請問是伊凡先生嗎？」

『哦哦……是那個東洋小鬼頭啊……老夫究竟……是怎麼……？』

在電話另一頭的他感覺很痛苦——或者應該說，似乎意識有些模糊的樣子。

「請問是怎麼回事？是伊凡先生打這通電話過來的吧？請問是不是發生了什麼事？」

『電話……？』

對於我這樣理所當然的詢問，對方不知為何有一瞬間表現得好像搞不太清楚狀況。

「……難道不是你打電話的？」

『不，老夫……原本在自己房間喝酒……不知道為什麼忽然變得意識模糊起來……結果不知不覺就…………』

「然後你就醒來了嗎？請問你現在身體能動嗎？」

『身體不太聽話……老夫可從來沒有醉成這樣過啊……』

「難道說……」

是被誰下了安眠藥之類的東西嗎？

從電話另一頭的背景還能持續聽到歌聲。

總覺得——很奇怪。

「請問你現在在房間吧？」

伊凡的房間是位於一樓的 111 號房。從交誼廳只要穿過玄關大廳就能馬上過去確認狀況。

『房間……？不，等等……等一下……這裡……是哪兒？』

「咦？」

『這裡……不是老夫的房間……月亮……沒有月亮……』

伊凡在別的房間？

「沒有月亮？請問你是指房間裡的畫嗎？」

『對……一**片漆黑**……老夫究竟是什麼時候……這裡、到底是什麼地方？』

「請問是怎麼回事？難道有人讓你睡著之後，把你帶到其他房間去……」

『嗚哇啊啊！』

我詢問到一半，突然被伊凡發出的慘叫聲打斷。

「伊凡先生……？請問你怎麼了！」

『誰……是……是誰！是誰在那裡！救、救人啊…………』

對方似乎忍不住丟下話筒，讓他的聲音越來越遠了。

『住……住手……！難道、是你……？是你嗎……？尤利！』

——碰！

伴隨一聲沉重的聲響，伊凡的慘叫聲停息——接著通話就被掛斷了。

霎時，交誼廳中鴉雀無聲。

「剛、剛才……那是什麼聲音？」

百合羽用無力的手拉扯我的袖子，她似乎些微聽到了話筒傳出來的聲音。

「各位，請問咖啡要不要續杯呢？」

就在這時，烏魯絲娜小姐推著手推餐車回到交誼廳。

「哎呦？各位……請問發生了什麼事嗎？」

「烏魯絲娜小姐！」

「呃、是！」

「請問沒有畫月亮……掛有新月之圖的房間是幾號房！」

「咦？咦？」

「請快點告訴我！」

「呃……新、新月的房間……我、我想應該是三樓的 303 號房！」

「我們快走。是，老師！」

聽到房間號碼的瞬間，費多和貝爾卡便衝出交誼廳。

他們的表情看起來已經察覺發生了異常狀況，大概也是從電話筒聽見了伊凡的慘叫聲吧。

我、莉莉忒雅、費多與貝爾卡——加上稍遲幾步的百合羽，五個人飛奔出交誼廳來到玄關大廳。

就在這時，我看見露西歐菈自己操作著輪椅從北側走廊出來。

「啊，朔……露已經沒問題了……」

「露！妳回房間去！」

「發、發生了什麼事……嗎？」

「妳別擔心！」

其實我希望自己的口氣可以再冷靜一點的，但我實在無法那麼從容鎮定。

我們接著衝上樓梯，來到三樓。

「303……303……在這邊！」

跑在前頭的貝爾卡一跳一跳地對我呼喚。於是我趕緊衝過去，伸手轉動門把。

可是門鎖著。

貝爾卡則用力敲打門板，對房內叫喚：

「伊凡先生！你沒事吧！伊凡先生！」

沒有回應。

取而代之地，從門板另一側傳來那個令人發毛的歌聲。

「我們破門進去，過來幫忙。」

在費多的指示下，我們彼此配合時機，用身體衝撞房門。

兩次、三次——

反覆衝撞之中，可以感覺到老舊房門的門鎖逐漸鬆動了。

就在第六次衝撞時終於把門撞破，讓我們全身都順勢跌進門板另一側。

我們就這麼蜂擁進入 303 號房中，環顧房內。

可是——沒看到伊凡的身影。

「咦……？不在？」

誰都不在，完全無人。

即便如此，依然可以持續聽到那個歌聲。

百合羽第一個發現歌聲的來源，伸手一指。

「是這個！這叫……卡式手提音響吧？」

的確，在房間角落放有一臺音響，歌聲就是從那裡出來的。而且還是近年來已經幾乎見不到的古老機種。

房間窗玻璃被打破，碎片散了一地。

跟德米特里那時的狀況一樣。

「被殺掉了……嗎？」

我忍不住脫口而出這樣一句話。

在德米特里殺害事件中最可疑的人物是伊凡，本來應該是這樣的。

所以我本來想找他談談的……

可是——

原來伊凡並非凶手嗎？

「伊凡先生他……剛剛在電話另一頭感覺似乎遭人攻擊了。我有聽到他好像被什麼東西毆打的聲音，然後就……」

莉莉忒雅慎重地打開窗戶。外面依然夜幕低垂，幾乎什麼都看不見。只能隱約看到對面西館的走廊窗戶而已。

「也、也就是說，伊凡先生也是被什麼人襲擊後，從窗戶被帶到外面去了……嗎？這裡是三樓，對吧？」

貝爾卡一副難以置信地搖搖頭。

「啊，對了！就跟德米特里的時候一樣，凶手是用床單把伊凡先生……！」

她接著忽然回想起這點似地趕緊轉頭看向房間裡的床鋪，但很快又變得垂頭喪氣。

「貝爾卡，這點其實我也想過。可是……」

床單整整齊齊地鋪在床上，凶手並沒有使用床單。

再說，這次和德米特里時的狀況不同，我們聽完電話後就立刻趕過來了。因此就算凶手去拿其他房間的床單，應該也沒有時間把床單綁到伊凡身上才對。

而且當那通內線電話打來的時候，我們大家都在交誼廳，露西歐菈也在一樓北側的自己房間。從各自的所在位置來想，當時應該沒有人能夠進出 303 號房才對。

那麼究竟是誰，怎麼辦到的？

在這種條件下，真的有人能夠襲擊伊凡嗎？

另外，假設他真的遭人殺害好了，除了利用床單之外還有其他手法能夠讓遺體瞬間消失無蹤嗎？

不……要心存懷疑。既然是偵探，就要懷疑所有可能性。肯定還有其他方法才對。

我如此激勵自己後，重新開始調查房間的狀況。

首先把手伸向持續放出歌聲的卡式手提音響，停止播放。

接著從裡面把卡帶取出來。

「錄音帶啊……」

從剛才持續播放的，是一卷沒有貼任何標籤的卡式錄音帶。回放長度為六十分鐘。

「剛才播的那首歌是什麼？莉莉忒雅有聽過嗎？」

「雖然剛才播放的是一名歌手的獨唱，不過我想那原曲應該是在地中海地區自古人們耳熟能詳的一首傳統音樂。原本是一首很短的樂曲，不過大概是利用剪接拷貝的方式連結成反覆播放的歌曲吧。」

我想那在日本是幾乎沒有人聽過的曲子——莉莉忒雅如是說。

「曲名叫什麼？」

「那名字是後來有位詩人幫它取名並廣為流傳的，我記得好像叫……為沉入水中的賽蓮獻上輪舞曲。」

原來如此，又搞得跟賽蓮扯上關係就是了。

「那個，可以借我看一下嗎？」

「嗯？哦哦，可以啊。」

由於百合羽伸手過來，於是我把那卷古老的卡式錄音帶交到她手中，接著把視線移向房間其他部分。

燈光，當我們進到房間來的時候，天花板上的電燈從一開始就點亮著。

房內電話——話筒好端端地放在電話主機上。

房間中央擺有圓桌子和椅子各一張。

「……沒有打鬥過的痕跡。在遭到攻擊之前，伊凡先生說過他身體不聽使喚。或許是被人下了安眠藥之類的某種藥物吧。」

「凶手會不會是把藥物摻進伊凡先生在喝的酒中？藉此讓他睡著之後再搬到這間房間攻擊的……」

「是的，貝爾卡大人。比起主張是賽蓮利用什麼神奇不可解的靈能力封印動作，我認為妳這想法有道理得多了。」

「哦，莉莉忒雅也這麼想嗎？嘿嘿，就是說吧～不要為了那種理所當然的推理就得意洋洋的。真是沒出息的助手。」

姑且不論具體手法是什麼，緊接在德米特里之後連伊凡也消失了蹤影——唯有這點是千真萬確的。

「費多怎麼想？」

我如此詢問費多，結果牠默默注視著某個點好一段時間。

「德米特里，還有伊凡。說到底，他們為什麼會受到攻擊？」

「這個嘛……」

為什麼呢？

除非凶手是個見到任何人都會無差別攻擊的狂人，否則被害者應該都有什麼會遭到攻擊的理由才對。

「柴伐蒂尼一家與埃利賽奧。總覺得這兩者應該還有什麼我們不知道的祕密存在。你說對吧，小鬼？」

我順著費多的視線，和牠看向同一個地方。

在一扇圓窗的另一側，掛著一幅只是整面塗黑而已的奇妙畫作。

畫布上沒有月亮。

什麼都沒有，令人不禁發毛的夜空。

正如伊凡所說——那是新月。

□

我們慎重起見，把三樓的所有房間都調查過一遍。然而，依然到處都沒找到伊凡的蹤影。

接下來同樣是慎重起見，我們決定也要調查一下他原本被分配到的 111 號房。房間裡果然是空無一人。

在小圓桌上擺有一個空酒杯以及捻熄的雪茄。

上頭什麼書都沒放的空書架。

床邊還有一只推測應該是伊凡的旅行包，沒有什麼明顯被人翻找過的痕跡。

反倒是——

「拐杖去哪了……？」

我找不到伊凡愛用的那把拐杖。剛剛在 303 號房也沒看到。

究竟到哪裡去了？難道跟著主人一起消失了嗎？

我姑且也確認了一下衣櫥，結果伊凡的遺體就被塞在裡面——之類的事情並沒有發生。

「完美無缺的滿月啊。」

費多看著裝飾在這間房間的月亮畫，如此說道。

確實，圓窗深處一片黑色的背景中，浮現著一輪正圓形的月亮。是綠色的月亮。

「在這裡也沒找到。既然這樣，乾脆再到屋外去找找看吧。」

雖然外頭的風勢還很強勁，不過雨已經停了。要去找人就要趁現在。

然而，費多的反應卻有點遲鈍。

「費多？」

「嗯？哦哦……我贊成！這次老師也要一起去！」

貝爾卡代替似乎在思考什麼事情的費多如此回應之後，百合羽也跟著天真無邪地表示同意：

「去找找看吧！那個人搞不好從窗戶掉到中庭，正痛得不得了呢！還有德米特里也是！如果真是那樣就要快點去救他們才行！」

「痛得不得了……嗎？」

假如能感受到疼痛反而還算好了，畢竟他們現在連痛苦都感受不到的可能性相當高。

不過，誰也無法斷定死者就不會感到難受。

像哈維到現在還是呈現**那個樣子**。搞不好他此刻也還在痛苦之中。真希望能夠盡快將他的身體放下來到地面上。

正當我們離開 111 號房來到玄關大廳的時候，恰巧有人在那地方爭執著。

「不可以！我聽說過那裡是埃利賽奧大人非常重要的工作室。除了大小姐之外，任何人都不允許進入裡面！」

「連妳也是？」

「我也一樣。」

「真頑固。但現在的狀況是讓妳講這種話的時候嗎？」

吵架的人物是烏魯絲娜小姐和夏露蒂娜，卡爾密娜與阿爾特拉也站在夏露蒂娜背後。

「你們在吵什麼？」

「啊啊，朔也先生！」

我上前問了一聲，結果烏魯絲娜小姐就像求助似地抓住我的手臂。

「這些人一直吵著要去看看工作室，都講不聽呀！」

「工作室？」

「夏露不是說過了嗎？夏露的目的是用**正當價格**收購埃利賽奧傳說中的作品。所以那作品可能存放的地方我們當然也要找找看囉。」

「所以要求看看工作室，是嗎？」

「烏魯絲娜小姐，請問那是指建在房子用地外面的那棟小建築物嗎？」

「有那種地方？」

「有的，朔也大人，請你不要怠於觀察和記憶。」

這麼說來，當我們抵達洋館的時候好像有看到過的樣子。

「請問那裡就是埃利賽奧先生的工作室嗎？」

烏魯絲娜小姐略帶猶豫地點點頭。

「是的……由於是很重要的地方，我也沒有進去過裡面。只有工作室的鑰匙是由大小姐親自保管的。」

「原來是這樣。那孩子，叫露對吧？那麼現在就到露的房間跟她稍微借用一下吧。」

「不可以！現在大小姐非常疲憊呀！」

烏魯絲娜小姐面對夏露蒂娜一行人也毫不退縮，實在有夠勇敢。

「這也不行那也不行，這女僕怎麼這麼不知通融。」

夏露蒂娜頓時瞇起眼睛，鼓起腮幫子。由於事情無法如她所願，讓她不開心了。

然而她下一秒又突然目不轉睛地盯著烏魯絲娜小姐的臉，開始觀察起來。

「請、請問怎麼了嗎？」

「……這麼說來，從第一次見到妳的時候夏露就在想了，我們是不是在什麼地方見過面？」

「我、我才不認識妳。」

「是嗎？但夏露總覺得好像在哪裡看過妳呢。是什麼時候呢……」

夏露蒂娜將食指抵在自己的太陽穴上，一個人苦思起來。於是某個人物很精明地從旁輔助主人回想記憶，就是卡爾密娜。

「請問會不會是上屆的奧運呢？」

「對了！是田徑比賽選手！」

這提醒似乎剛好搔到癢處，讓夏露蒂娜當場鼓掌叫好。

「西班牙女子代表！跳遠項目的選手！對不對？」

「咦？烏魯絲娜小姐，原來妳以前是田徑選手嗎？」

完全出乎預料的資訊讓我忍不住做出了反應。

「而且還是奧運的代表選手？」

「對！絕對沒錯！夏露記得名字叫作……呃～呃～……烏魯絲娜．伊格萊西亞斯！因為當時妳的跳躍動作實在太漂亮，讓夏露印象深刻呢！」

「這名字我就有聽過了！」

難得連莉莉忒雅都做出激動的反應。

「妳知道？」

「是的，以前在報紙還是什麼媒體上有看過。」

「原來妳也知道呀！」

莉莉忒雅和夏露蒂娜在奇妙的地方互通了。

相對於興奮大叫著「絕對不會錯！」的夏露蒂娜，烏魯絲娜小姐則是感到害臊似地把臉別開。

「已……已經是過去的事情了。」

「哦～！原來是這樣！」

這下貝爾卡和百合羽也難掩驚訝的樣子。

「我早就已經退出體壇，而且到最後也沒留下什麼了不起的紀錄……」

我們就在這麼奇妙的時機下得知了烏魯絲娜小姐令人意外的過去。

「原來是這樣啊。而妳退休之後就換到現在的工作了？」

「是的……因為退休之後我整個人變得該說是空虛嘛，總覺得找不到想做的事情……」

「哎呦，是這樣呀。真浪費。」

「關於我的事情不用再討論了吧！」

烏魯絲娜小姐一副「拜託各位饒了我！」似地在自己臉前揮動雙手。總覺得我是第一次看到她如此可愛的一面。

「算了，也罷。反正讓夏露回想起這點已經舒暢多了。話說，你們幾個。」

剛才明明那麼興奮的夏露蒂娜卻在謎團解開之後，馬上轉移興趣焦點，轉朝我們的方向。

「上面的狀況如何？誰死掉了？」

「我們接下來正準備去確認這點。」

我告訴夏露蒂娜我們為了尋找遺體而準備到屋外去，結果她露出一臉賊笑，靠到我面前來。

「尋找屍體，感覺很有趣呢。」

「……妳該不會跟尋寶搞混了？」

雖然我早就明白她跟尋常人相異甚遠，但這奇特的感性到底是怎麼回事？

「夏露就好心跟著你們一起去吧。」

這下狀況變得更奇妙了。

□

於是乎，我們攜帶手電筒，全體總動員來到屋外，到處尋找德米特里與伊凡的下落。

烏魯絲娜小姐和萊爾會加入搜索行列還可以理解，但有點意外的是連卡蒂亞也跟著出來了。我本來還以為她會畏縮不敢行動的說，看來遇上兒子的事情她還是會擔心吧。

「哇噗！」

雖然雨停了是好事，但分不清楚是暴風還是海風的強勁風勢還是教人為難。

「朔也大人，請你務必要注意腳下。」

莉莉忒雅拚命地用手壓著自己的裙子。像這種時候，女孩子真的很辛苦呢。

「我完全沒事～！我是不穿裙子主義的～」

貝爾卡如此說著，大步邁前走。看來只要有費多陪在身邊，她就算到屋外也不會害怕了。

跟在最後面的夏露蒂娜則是——

「啊啊！大小姐不好了！」

「卡爾密娜，妳快想想辦法呀！」

豪華的紅色禮服裙襬隨風擺盪，感覺非常辛苦。

對於她混在我們之中一起行動的這件事，讓我再次有種類似暈眩的感覺了。

夏露蒂娜・茵菲利塞斯。她明明是我們這趟出國之旅的最初目的，卻不知不覺間跟著我們一起在深夜中尋找遺體。

該怎麼說呢？這發展也未免太荒謬不合邏輯了。

□

我們所有人都張大眼睛，仔細尋找著德米特里與伊凡的身影——或者說遺體——然而找到最後，無論在洋館周遭或中庭都沒看到類似的影子。

關於哈維的遺體也由於風勢太過強勁而無從出手，我們只能毫無成果地回到房子裡。

大家都渾身無力地呆站在玄關大廳。

「早知道就不出去了……」

夏露蒂娜被強風翻弄得極為不悅。卡爾密娜在一旁迅速幫她整理亂糟糟的髮型，那景象和現場的狀況搭起來實在很突兀。

「啊啊……為什麼事情會變成這樣……」

另一方面，烏魯絲娜小姐則是明顯流露出失望與恐懼的感情。或許是對她那模樣感到同情，百合羽為她振作精神似地說道：

「請放心吧。凶手一定會被我灰峰百合羽的師父——名偵探追月朔也逮捕的！」

就在此刻，我見識到了徒弟華麗地將工作全部丟給別人做的功夫。

正當我感到傷透腦筋的時候，費多帶著貝爾卡準備匆匆離開現場。

「你們要去哪？」

「我們想說要再去調查看看 111 號房。老師好像有什麼事情感到在意的樣子。」

「瞭解，那邊就拜託你們了。」

他們那組偵探小隊應該也有自己推論的假說，我就抱著信任交給他們吧。

「哦，都已經這個時間了！」

萊爾看著手錶如此說道。彷彿是被這句話觸發般，一旁的百合羽「呼哇嗚～」地打起呵欠。

再過幾分鐘就會來到深夜零點。

似乎被傳染的夏露也「哈哇嗚～」地打了個呵欠。

「就現況看來已經沒其他事情可做了吧？那麼夏露要先去休息囉，可以嗎？那邊的女僕，去準備一間最高級的房間給夏露。」

「我叫烏魯絲娜！這裡不是飯店，沒有分什麼高級次級的！不過房間要多少都有！請跟我來！」

面對夏露蒂娜傲慢的態度，烏魯絲娜小姐即使氣得要命也依然乖乖為她帶路了。真是個正經八百的人。

貝爾卡看到這一幕，焦急大叫起來：

「等、等等呀~難道大家要各自回房睡嗎？呃、那個……像這種時候，應該要集中在同一個地方過夜會比較好吧？雖然我只是講講啦……」

「妳是費多的飼主對吧？為了不要再出現下一位犧牲者，所以妳主張要互相監視是嗎？」

「我、我也不是那個意思啦，只是……」

既然連凶手的模樣及目的都尚未明瞭的狀況下，認為獨自行動會很危險的想法也有道理。

「可是夏露才不要呢。居然要人家一起通宵到早上什麼的。夏露向來都是想睡就睡，想醒就醒呀。」

夏露蒂娜丟下這句話後，便帶著烏魯絲娜小姐消失到二樓去了。

目送她們離開後，這次換成萊爾彷彿一直在等待發言時機似地輕輕舉起手。

「雖然難以啟齒，不過我也要回自己房間去了！老實說，現在要我信賴在場的所有人實在很困難！抱歉。這種話其實不應該大聲講的，但我現在想要自己一個人！」

「……我也是。事到如今我就跟你們講清楚。在我看來，你們這群人才是最可疑的。」

接在丈夫之後，卡蒂亞也帶著堅決的表情伸手指向我們。

「怎麼這樣！就算心裡再怎麼不安，現在要是隨便分散行動，才真的很危險呀！」

被人投以如此明顯的懷疑眼神，讓貝爾卡忍不住開口抗議，但萊爾與卡蒂亞依然故我地轉身離開了。

「朔也……」

「雖然我也希望大家能夠盡量集中在一個地方啦，可是既然還不確定真的會出現下一位犧牲者，我們也沒辦法強迫人家吧。」

除非凶手的目的表明就是要把島上的所有人都殺掉，否則我們也不能強硬去改變萊爾他們的想法。

「我們也回房去吧。重點是記得把門鎖上，直到早上都別讓任何人進入自己房間就好了。而且我們的房間就在隔壁，萬一真的發生什麼事情也能在幾秒鐘就趕到現場。對吧？」

就這樣，我們各自都抱著不安的心情迎接熄燈時間。

百合羽和莉莉忒雅結伴走上樓梯。

我則是確認現場已經沒有人之後，同樣把腳踏上階梯。

然而到途中又改變心意，轉身下樓。

接著來到的地方——是露西歐菈的房門前。

我輕輕敲門，並對房內說道：

「露，妳還好嗎？」

自從地下空洞的那件事之後，由於恐怖狀況接連發生，讓人沒辦法有充分的時間來確認露西歐菈的樣子。這點讓我感到很在意。因此我想說至少在睡前來見她一面，跟她講個一句話也好。

我本來打算如果沒有回應，就當作她已經睡著而馬上離開；然而出乎預料的是，從房內很快就傳來「請進」的聲音。

於是我開門進入房間。

露西歐菈在窗邊。

她嬌小的身體一如往常地坐在輪椅上，眺望著窗外。

就在這時——我注意到床邊有東西微微反射燈光。

是露西歐菈的義肢。
看來她晚上睡覺時是那樣脫下義肢的。
「妳在看什麼？」
我如此說著，並站到她旁邊一起看向窗外。
結果她回應我：「看兔子。」
「真的欸。」
從窗戶漏到屋外的燈光在外面照出一塊四方形，而在那裡有一對反射光芒的眼睛。
「她偶爾會跑到這裡來露臉。」
其實也沒有特別飼養，只是一隻野兔——露西歐菈這麼說。
我問她是不是跟兔子感情不錯，但她卻說也沒那回事。
「不過，露很喜歡看牠那樣跳呀跳的動作。」
好美——露西歐菈如此形容兔子跳動的模樣。
就在我們如此交談時，野兔輕輕跳進草叢，消失蹤影了。
目送兔子離開後，露西歐菈把頭轉向我問道：
「後來怎麼樣了……？」
還沒有任何人告訴露西歐菈關於這起事件的後續。

「露……在古拉菲歐的事情上犯了嚴重的錯……」

「那件事情已經不重要了。至少現在無關緊要。比起那件事……雖然很難以啟齒，但其實發生了更嚴重的狀況。」

我盡可能慎選用詞與表現，向她說明洋館發生了什麼狀況。

關於德米特里和伊凡遭人攻擊而下落不明的事情。

關於凶手目前還不知道是誰的事情。

不過關於夏露蒂娜無情設下時間限制的事情，我沒能講出口。

得知這些狀況後，露西歐菈把上半身從輪椅背上撐起來，用力拉住我的袖子。

「怎麼會……！你說那兩個人嗎……？下落不明了……為什麼？露跟古拉菲歐已、已經沒有再做什麼……」

「我知道。不過現在與其懺悔，不如熟睡一覺比較好。」

我為了讓露西歐菈平靜下來，掀起床上的被子給她看。

露西歐菈乖乖點頭後，靠臂力靈巧地從輪椅移動到床上。根本不需要我出手攙扶。

「……嗯。」

我接著熄滅房間大燈，點亮裝在床邊的小燈。

露西歐菈從被子裡微微露出臉蛋，目不轉睛地看著我。

真是漂亮的臉蛋與一對眼睛——我不禁再度感到驚豔。

確認一下床邊的小時鐘後，我對露西歐菈說道：

「露，生日快樂。」

「咦？為什麼？」

時鐘的指針指著凌晨零點。

「我聽烏魯絲娜小姐說的。Happy birthday。」

反正我沒提到烏魯絲娜小姐有為她準備驚喜的事情，所以應該沒關係吧。

「謝、謝謝。」

露西歐菈害臊地摸摸自己的耳垂。

「吶，朔。」

「嗯？」

「死亡，很恐怖嗎？」

她從生日的話題忽然話鋒一轉問起這種事，讓我心臟不禁用力一跳。

「一定很恐怖、很痛。對不對？」

「為什麼要問這種事？」

「因為……」

露西歐菈的眼神流露著不安。我見到那模樣，頓時理解了她如此發問的意圖。

其實也沒有為什麼。像這樣接二連三傳出人命，會感到不安也是當然的。

我一瞬間還以為是她知道了我的特殊體質才會問起這種事情。

「別擔心。露不會死的。大家都會陪著妳。妳有看到費多那口利齒吧？很可靠的。」

「朔，也是嗎？」

她從被子裡伸出白皙的小手。

「呃……嗯。第二可靠的我也會陪著妳。莉莉忒雅也是很可靠的存在。所以別擔心。」

我緊緊握住她的手。

「可是人總有一天會死。對不對？」

她在講壽命的事情嗎？

「這樣說……也沒錯啦。」

「那時候的死，也很恐怖嗎？」

對於如此純粹的問題，我猶豫了好一下子不知如何回答較好。

「……我不知道。不過，我想也有人對那種時候的死不會感到恐懼。之所以會感到恐怖，是在沒能達成目標之前就死掉的時候吧……肯定是這樣。」

「什麼樣的目標？」

「例如夢想啦……或者戀愛之類的？」

我到底在胡扯什麼？總覺得越講越丟臉了。

「也就是留戀後悔，對嗎？」

「對，就是那樣。」

「朔也有嗎？」

「妳說留戀嗎？嗯，算是不少吧……」

露西歐菈在被子下微微扭動一下身體。

「朔……你不要死喔？」

「我……」

這該如何回答才好？

我思考一下，最後如此說道：

「我不會死的。」

「為什麼？」

「……其實這件事是個祕密。不過我就特別告訴露吧。」

「咦？什麼？」

我壓低聲量這麼告訴露西歐菈後，她頓時把頭稍微從枕頭上抬起來，感到好奇。

「因為……我是**不死之身**。」

「……不死之身？immortal？」

露西歐菈臉上的表情彷彿在聽什麼遙遠國度的童話故事。

為什麼我要把這種話講給這個女孩聽呢？

連我自己都覺得奇怪。

因為不論透過什麼方法，總之我希望讓露西歐菈可以感到安心嗎？

因為我認為反正對方不會當真嗎？

我不曉得。

「不會死？不管發生什麼事嗎？」

「沒錯，就算腦袋被砍斷也不會有事。」

我做出切斷自己脖子的動作，並吐出舌頭。

露西歐菈見到我這模樣，把臉埋進被子中嘻嘻笑了起來。

「那就安心了。」

「嗯，就算讓我落入死後的世界，我也會再度爬回人間的。不管幾次都一樣。」

「既然這樣——如果露先死掉了，朔，你會來接人家嗎？」

「會啊，雖然那個世界有一大堆死者，但是像露這麼可愛的女孩子，我一下就能找出來了。」

我有點得意忘形地如此開玩笑，結果露西歐菈的臉蛋變得越來越紅了。

「那就、約好囉。」

「嗯，約好了。」

第六章　別講那種像偵探一樣的話

最初是攝影家哈維被殺害。

不過那是潛伏在海中的虎鯨——古拉菲歐所為。

然後是德米特里消失蹤影。

留下了讓人只會覺得他肯定被殺掉的痕跡。

緊接著又換成伊凡下落不明。

遭到什麼人襲擊——不，恐怕是在被殺掉之後。

沒錯，雖然這樣對德米特里和伊凡很過意不去，但現在還是當成那兩人已經遭到殺害，在這前提之下思考吧。

我躺在分配到的 210 號房床上，整理至今發生過的事情。

剛才我確認露西歐菈已經睡著之後，便回到自己房間立刻躺到床上。然而不出所料，根本沒辦法好好睡覺。

手機上顯示的時刻已經來到凌晨三點，只有時間一分一秒地流逝。

不過也多虧如此，讓我能夠冷靜下來思考各種事情。

首先，德米特里為什麼會獨自一個人跑到**那種地方**去？

還特地把上鎖的門打開，移動到西館，究竟想做什麼？

他的目的與遭到殺害的理由之間，是否存在什麼關聯性？

接著是伊凡——

他為何不是在自己房間，而是在303號房？

而且那通電話打來時，其他人全部都在一樓。

這表示凶手是我們不曉得的某個人物嗎？

難道這座洋館——或者說這座島上，還潛伏著什麼我們不知道的存在嗎？就像那隻白化症的古拉菲歐一樣。

我在床上坐起身子，傾聽屋外的風聲。

「就在伊凡遇襲之後，我們立刻從交誼廳趕到了303號房。然而那房間內卻空無一人……」

在那短時間內，凶手是如何帶走伊凡的遺體，又是如何讓自己也消失無蹤的？

簡直不像是人類能辦到的事情。

「難不成真的是所謂的賽蓮在到處攻擊人嗎？」

正當我絞盡腦汁思考的時候，忽然傳來敲門聲。

是莉莉忒雅嗎？還是貝爾卡？

「現在幾點……？」

我靠近門邊準備講出約好的暗號，但又覺得很蠢而作罷了。

反正講了也沒意義，快點把門打開還比較親切。

雖然我告訴其他人不管誰來訪都別開門，但說到我的狀況就沒必要那麼小心謹慎了。

假如凶手主動來找我，我反而還要開心。要是因此可以拜見到凶手的尊容，我甚至巴不得對方來襲擊呢。

呃不，如果可以，我當然不希望被殺掉，對疼痛也敬謝不敏就是了。

「是誰？該不會是自己一個人很害怕而跑來找我……的吧……」

我嘴上說著玩笑，並打開房門。

結果——

「啊。」

「你說誰很害怕呀？」

站在門外的竟是夏露蒂娜。

出乎預料，超乎預想。

真是令人意外的訪客，而且現在連部下都沒帶在身邊。
我霎時變得全身僵硬，並試探對方的來意。
「…………幽會尋歡？」
「才不是！」
夏露氣得小腳丫用力跺起地板。
「畢竟難得重逢，所以夏露好心想說來跟你聊聊呀。」
「跟我？」
「**剩下的時間**也不多了不是嗎？所以要聊就要趁現在，對吧？」
「也不想想是誰設下什麼時間限制的啦。」
我還以為她要進房間來，但夏露蒂娜用手撥開披在肩上的長髮，往走廊的方向走去。
「跟夏露來吧，你自己一個人喔。」
她腳步優雅地走下樓梯，就這麼打開玄關大廳的門來到屋外。
奔騰的強風頓時迎面而來。
跟剛才大家一起出去時相比，天候狀況沒什麼太大的變化。
天上有好幾層烏雲沉重覆蓋，匆匆往同一個方向流去。
「反正雨也停了，夏露就陪你來場夜中散步吧。」

自然而然就表現出施恩於人般態度的夏露蒂娜，朝著右邊的圍牆內區域走去。

她一邊走還會一邊用手輕撫石頭圍牆，就像是放學後的小學生經過車道護欄或柵欄邊時，會不自覺做出的那種動作。

我也學她試著摸摸看，發現覆蓋在石牆上的青苔摸起來意外地舒服。

「你還是老樣子，不死之身嗎？」

我們就這樣沿著洋館外圍前進再右轉，繞到了屋子背面。如果再繼續繞進屋子後面，就會到哈維的遺體還在的場所了。

不過夏露蒂娜沒有走向那個地點，而是穿過在那之前的拱門處到外面。

來到圍牆外面後，很快就能看到大海。

黝黑的海面猶如巨蛇的背部般激烈起伏蠢動。

海浪打在岩盤上，讓我們見到了白色水花就像煙火般炸開四散的景象。

「原來妳知道啊。」

經過了好長一段時間後，我才對夏露蒂娜的提問做出反應。

她知道我的特殊體質。

「那當然囉。你當夏露是誰呀？然後你自己又當自己是誰呢？」

「……什麼意思？」

她這句話的前半部分我還能理解。意思應該是說只要靠夏露蒂娜的資訊網，要查出我的祕密根本輕而易舉吧。然而後半句我就聽不太懂了。

我就是我，也不是那樣值得一提的人物。

「你仍舊在追查父親死亡的真相是吧？」

夏露蒂娜沒有回答我的話，又繼續提出下一個問題。

彷彿在說——什麼時候要問什麼事，要由夏露來決定。

「追月斷也死了——知道這樣不就足夠了？」

「還不夠。假如那是事實，我只是想要知道真相。」

「別講那種像偵探一樣的話。來，這個你拿著。」

我一時還以為她忽然要撲到我懷中，但夏露蒂娜只是把什麼東西留在我手中，就逕自轉身下坡到海灘去了。

她交到我手上的，是她剛才還在穿的高跟鞋。

夏露蒂娜一步一步留下足跡，沿著海灘邊緣走去。

這片沙灘想必平常應該更廣闊，然而現在翻騰的海浪已經逼近到我們眼前了。

那些海浪的**破片**沖洗著夏露蒂娜的光腳。

如果用客觀角度看這景象……包含夏露蒂娜在內的整個畫面，形容得再含蓄也猶如一幅畫作般地美麗。

我很清楚，再過幾小時就會從水平線的另一端飛來無情的飛彈，徹底蹂躪這座

畫廊島（Galleria isola）。而且原因明明就是眼前的夏露蒂娜一時心血來潮的任性指示。

「朔也，看在你有乖乖聽從夏露的話，千里迢迢跑到地中海的分上，夏露就稍微告訴你一點東西當作獎賞吧。」

她拉高著裙襬，有如跳舞般閃避波浪。總覺得只要我一時把視線移開，她就會被大浪捲到海中消失一樣，害我為她稍微捏了把冷汗。

「那架客機，並不是夏露讓它墜機的喔。」

「……那麼究竟是誰？」

「想要獲得你的什麼人物。」

「咦？」

「朔也，你冷靜下來想想看。不管死幾次都能復活過來——你覺得世界有可能放著這種人不管嗎？那跟跑步稍微比別人快，或者能夠畫出美麗畫作之類已經是完全不同等級的特技囉。你明白嗎？」

「那種事我知……」

「即使形容得再保守，那都是人類的夢想呀。那樣美妙的夢想，不論是誰都會想要獲得吧？都會想要獨占追月朔也吧？可是假如想辦到這種事，追月斷也的存在著實太礙事了。」

「妳意思是說一切都是我害的嗎！是某個盯上我的人物先去解決了老爸……」

被盯上的目標——其實是我？

「現在，檯面下的世界正開始捲起巨大的渦流。然後，朔也，那個渦流正是以你的不死特徵為中心在旋轉的喔。」

流動的雲層時而出現縫隙，讓月亮隱約露臉。灑下的微弱月光在海面上反射光芒。

「目前還在準備階段。不過等到一切都準備就緒的時候，**根本沒有餘力去講什麼殺人事件或什麼密室詭計的世界就會到來囉。**」

在那樣的世界中，你還能以偵探自居嗎？

夏露蒂娜不知不覺間已經從沙灘回到坡上，把腳尖伸向我。

「幫夏露穿。」

「穿個鞋子妳都沒辦法自己來嗎？」

「放心吧，夏露一輩子都不會遇上那樣的機會。」

「……聽妳在鬼扯。」

「來呀，快……噫！好癢！」

「要是不先把沾在腳底的沙子拍掉，妳穿上鞋子不就會裡面沙沙的嗎！還有腳趾縫也是！」

「咿呀！不要碰奇怪的地方！」

即使一邊跟她鬥嘴，我還是一邊幫她把鞋子穿上。

我到底在幹什麼啊？

將高跟鞋的鞋頭「咚、咚」敲在地面上的同時，夏露蒂娜伸手指向前方。

「來，咱們到囉。」

「什麼到了……這裡……該不會是……」

轉頭一看，我們眼前有一棟小房子。

「對，就是埃利賽奧的工作室。夏露不是說過了嗎？夏露想要得到埃利賽奧的處女作。然後這地方，給人感覺就是應該藏有什麼東西不是嗎？」

「原來妳打從一開始的目的地就是這裡啊。」

「裝傻個什麼勁呢。你不也是一開始就抱著要來調查工作室（這裡）的打算，才會到這時間還不睡？你覺得這裡搞不好會有什麼東西，能夠為館內發生的事件提供線索對吧？」

「……我不記得了。」

「真做作。只要是為了解決事件，就算是規矩也照樣不理——夏露本來以為你跟斷也一點都不像，但果然有其父必有其子呢。」

「這評價有損我的名譽，我難以接受。」

見到我皺起眉頭的模樣，夏露蒂娜像個小孩子般笑了出來。

「來，進去吧。門有上鎖嗎？」

「誰曉得？」

如果照烏魯絲娜小姐所說，沒上鎖的可能性應該很低。即便如此，我還是姑且嘗試沿著工作室周圍繞一圈確認。

跟洋館相比，這工作室真的只是間小屋子。

感覺一下就能繞完一圈了。

工作室的後面是斜坡，往下形成一個窪地。下面長有幾棵樹，枝葉隨風「啪沙啪沙」地搖蕩。

我不經意感到好奇，於是下去看看。

放眼望去，這裡的地形剛好是一塊天然的小廣場。

假如天氣不錯，待在樹蔭下應該會很舒服吧。

我走了一下，發覺地面有一部分像公園的沙池一樣柔軟。感覺像是從海灘拿沙子過來的。

「哈哈～我知道了。這裡大概是露的遊戲場所吧——呃，現在沒時間講這種事了啦。」

到頭來，這間工作室沒有後門，窗戶也全部深鎖著。

我快步離開那地方回到工作室正面，看到夏露蒂娜正在生氣。

「你在做什麼呀？居然讓夏露等這麼久。」

「抱歉，沒看到可以進去裡面的地方。」

「不出所料，那就沒辦法啦。」

她說著，緩緩從裙子拿出一臺不知原本藏在哪裡也不知是如何收納在裙子裡的機器。只有硬幣大小，我從沒看過。

接著將它裝設在門的鑰匙孔上，結果那個神祕機器很快就發出微弱的聲響，開始動作。

「……那東西、是啥？」

就在我開口詢問的時候，傳來門鎖被打開的聲音。

「夏露的祕密道具——交給我解鎖君。大部分的鎖都能自動解開，很方便對不對？」

命名品味還真糟。

「可是居然擅自進入裡面……」

「你在怪盜面前講這什麼話？」

這麼說我才想起來，在我眼前的可是全世界通緝的怪盜啊。

「要不然你就阻止夏露看看呀？偵探先生。」

「唔……」

到最後，我還是在好奇心與解決事件的使命感驅使下，把腳踏入了工作室。

「呦～呦～你跑進來了。好，你也是共犯啦。」

總覺得她這句話最後好像加上了黑色的愛心符號。

「灰煙瘴氣，真是差勁又糟透呢。」

一如夏露蒂娜所說，工作室內光是空氣都充滿灰塵的味道，可見應該很久沒有人打掃過。

屋內一片漆黑，幾乎伸手不見五指。但畢竟我們是偷偷入侵，又不能明目張膽地打開電燈。

「拿去。」

結果夏露交給我一支小型的筆型手電筒，八成又是從裙子裡變出來的。

既然是畫家的工作室，我本來以為屋內會滿滿都是畫具和未完成的畫作。然而實際上給人的感覺反而比較像一間書房。

在靠海的方向有一扇窗戶。窗前擺一張厚實的桌子，左右兩旁排列置物架。

房屋格局很單純，只有這一間房間而已。

「埃利賽奧・德・西卡生前想必獨自一個人在這裡度過很長的時間吧。」

「所謂傳說中的處女作真的存在嗎？」

「幾十年前唯有一次，埃利賽奧答應了美術雜誌的採訪。而他那時候就有提過：我真正的處女作被隱藏在什麼人也不會看到的地方。」

「原來如此。是不是覺得自己畫太差所以藏起來的？」

「很難講。他在那次的採訪中也有說過，因為那東西**受到詛咒**。」

「受到詛咒？」

意思是不祥的畫作嗎？

「當時人們似乎把那句話當成只是他口頭上開個玩笑而已，但夏露讀到那篇文章時莫名感到在意，覺得那作品搞不好真的存在。然後假如真的存在，肯定是藏在他不讓任何人知道的藏身處。所以夏露就想說要找個時間來看看。」

夏露依序確認著掛在牆上的畫作。

「嗯～……不行呢。在這裡的都是其他畫家的作品。哎呀，畢竟埃利賽奧的個性應該不會臉皮厚到在私人空間掛滿自己的作品，所以這在某種程度上不出夏露的預料。」

相對地，我則是有點在意埃利賽奧的桌子。

桌上有他遺留下來成疊的練習畫。我記得這好像叫速寫畫吧，用木炭畫出生動的人物或動物。

人物畫中很多是小女孩，大概是幼年期的露西歐菈吧。

另外還有墨水瓶、桌燈、底部積了灰塵的空杯子以及鋼筆等等，使桌面顯得相當雜亂。

然而並沒有什麼特別引人注意的東西。

我抱著略嫌不滿足的心情抬起頭，結果夏露蒂娜的臉蛋就近在我眼前。

「朔也，男生女生～」

「咦？」

「配！」

在她的指尖誘導下，我忍不住把頭抬向上方。

「妳忽然幹什麼啦？現在可不是玩的……………啊。」

「看，那個，很讓人在意對吧？」

天花板上可以看到像是握把的東西，原來夏露蒂娜是為了讓我看到那個而戲弄我的。

我找了一下房間，在置物架後面發現一把掛鉤棒，於是拿來試著拉拉看那個握把。

結果從天花板降下了一道收納式梯子。

「哦～小時候超憧憬這種的啊。」

「雖然從屋外看不出來，但這房子看來還有閣樓呢。」
「爬上去看看吧。女士優先？」
「才不要。你想從下面偷看吧？」
「誰要偷看啦，我想看到的只有真相。」
「就叫你別講那種像偵探一樣的話呀。」
最後還是由我先爬上梯子了。
閣樓中首先充滿霉味，還有海潮的腥味。
看不到什麼類似家具的東西。
唯獨只有一把老舊的搖椅與一張圓桌子。
「朔也，找到有趣的東西囉。」
夏露蒂娜指向桌上，那裡放有日期很舊的剪報以及一本日誌。
這日誌應該就是埃利賽奧的東西不會錯。
我小心翼翼翻開第一頁，上頭寫有這麼一句話——

——絕不可喚醒席亞蕾庛。

「席亞蕾庛……？好像在哪裡聽過……啊，對了，就是那幅畫的標題。」

裝飾在玄關大廳那幅埃利賽奧的畫作。
「席亞蕾庇……聽說是埃利賽奧自創的新詞……但究竟是指什麼啊？」
我被越陷越深的謎團搞得不知所措的同時，繼續拿著筆型手電筒翻閱日誌。
內容多半記載著這座島上細微的季節變化，以及關於新作品主題的各種筆記。
當然，也少不了孫女露西歐菈的成長記錄。
不過其中有一頁的記述內容引起我的注意。
因為只有那部分呈現出跟其他內容不同的**色調**。

〈埃利賽奧的日誌　十二月十日〉

石榴樹今年也開始結果了。
即使到現在，每到這個季節還是會令人回想起一九六四年的冬季。
回想起遙遠北方大地的呼嘯風聲。
那時候，我還被稱為尤利。如今已是教人懷念的名字了。
那年冬天，就在政府由於東方計畫成功而歡欣鼓舞的背後，我們的計畫則是觸礁擱淺了。
以鮑里斯、伊薩克與我三人為中心起步的這項研究，長久以來都得不出成果，也無從期待來自國家的補助。這使得我們一步步被逼到了絕境。

當時大家都是剛從大學畢業的稚拙年輕人，在那樣不見明日展望的日子中，只有吵架與衝突不斷增加。

「咱們的研究成果值多少？」

「1戈比（註1）！」

我們經常如此互相自嘲，笑稱自己的研究成果根本一點也不值錢。

然而在那樣的境遇下，只有伊琳娜總是態度溫和，安撫我們這群血氣方剛的男人們。

美麗的伊琳娜。現在回想起來，當時也唯有她稱讚過我當作打發時間而私下偷偷自學的繪畫興趣。

伊琳娜。我之所以在那樣的狀態下依然堅守研究崗位，都是因為有妳在啊。

＊　＊　＊

與夥伴們一同起步的這項研究，有如不值一提的夢想故事。然而到了隔年的夏天，照下了一道曙光。

註1　俄羅斯貨幣的輔助單位，一戈比等於〇・〇一盧布。

總公司設置於挪威，自稱夏爾特重工的企業主動表示願意出資。我們二話不說便接受了對方的好意。

從此以後，研究一口氣躍進。

關於我們接受國外不明企業資助的事情，雖然也有人發出質疑的聲音，但當時的我們已經別無選擇。

——這下距離席亞蕾庇的完成又接近了一步。

包括我在內，大家都被身為研究者的野心沖昏了頭。

所謂的席亞蕾庇，是幾名研究夥伴之間用來稱呼研究對象的假名。

由於是大家隨機選出單字胡亂排列取出來的名字，所以當中並沒有任何意義存在。

只不過，我們認為既然要創造出這個世界上本來不存在的東西，那麼取的名字也應該用不存在的詞彙比較好。

這個名字只有在夥伴之間會使用，因此世界上也只有我們四個人知道這個詞。

＊＊＊

年輕的野心，就在接受夏爾特重工出資援助之後沒多久開始誤入了歧途。

差不多該是下定決心做人體實驗的時候了——首先講出這句話的人，意外地竟是個性懦弱的鮑里斯。

雖然在資金允許之下，我們經常會利用豚鼠做活體實驗，不過還沒有對人體做過實驗。

鮑里斯主張，我們的研究已經來到那麼做的階段了。

會不會為時尚早？會不會太危險？

當然也有出現這類的意見，而我也是如此反對。然而，我們無法責備鮑里斯。

本來我們當時就已經耗費了相當金額的研究費用，而且報告研究成果的期限也正步步逼近。

到最後，我們還是決定實施人體實驗，並開始尋找受試者。

將試作型的席亞蕾庛投予受試者。

記錄附著穩定的過程，接著實地測驗。

然而，受試者的招募並不如預期的順利。

因為基於研究內容，我們無法公然招募。

雖然我們也可以花錢把街頭爛醉的流浪漢叫來試驗，不過站在人道立場，我對這項方法抱持否定的態度。當然，我們也必須擔心受試者洩漏機密的可能性。

要是日後在酒席上被對方拿來炫耀自己「找到了好賺的工作」，我們可受不了。

就在我們這些男人為了這項問題不知所措的時候，有個人物舉手自薦了。
正是伊琳娜。
——就用我的身體吧。
我當然制止了，我們還無法預測究竟會造成什麼樣的危險。
為了讓她打消念頭，我誠心誠意、花了許多時間說服。
然而有一天，出乎預料的事情發生了。
不知是誰，趁伊琳娜熟睡時對她投予了席亞蕾庇。

＊　＊　＊

我立刻開始尋找下手的犯人，不過其實沒花上多少時間。
因為對方自己出來承認了。
下手的正是鮑里斯與伊薩克。
他們從以前就對於試製品的完成度胸有成竹，巴不得快點將它拿到人體上測試。
「放心吧，尤里。咱們智慧的結晶沒有一絲瑕疵。對於伊琳娜的身體不需要有任何擔憂。」
一點都不覺得自己有錯的伊薩克拍拍我的肩膀，等不及地開始檢測伊琳娜投藥後的身體資料。

我當場毆打了他，不過當時我們終究沒有分道揚鑣。

因為講真心話，我也很好奇。

想要見證人類踏入不死領域（Immortal domain）的第一步。

見證席亞蕾庛——不，萬靈藥（elixir）的實驗結果。

□

我從日誌把頭抬起來，深深吐出一口氣。

看來我在無意間屏住了呼吸。

「這是什麼……？埃利賽奧……究竟是什麼人物？」

埃利賽奧・德・西卡。

他應該是個畫家才對，莉莉忒雅也是這麼說的。

可是這段日誌所寫的內容，跟畫家的頭銜簡直大相逕庭。

計畫——研究——席亞蕾庛——萬靈藥。

「哦～？這就是埃利賽奧不為人知的過去呀。」

夏露蒂娜不知何時從一旁窺視著日誌。全身坐在桌子上，翹起大腿。

「不為人知的過去？」

「埃利賽奧這個人呀，是年紀三十好幾後才開始成為受人矚目的畫家，然而在那之前的身世卻完全不明呢。模模糊糊只知道他是從當時的蘇聯來到義大利的。雖然說，正因為那樣徹底的保密主義，反而更加引起畫商與粉絲們對他的興趣就是了。」

「意思說，這裡寫的內容是描述他成為畫家之前，在蘇聯的過往啊。」

「這實際上可是一項大發現喔。若按照日誌所寫，他似乎曾經擔任過某種研究工作，而且試圖開發某種不可攤到陽光下的東西。」

「而那東西就是……席亞蕾庇？那到底是什麼玩意？」

「雖然只是猜想……不過或許是魔科學祕藥的型號吧。」

「妳知道？」

「沒有確實的證據。不過日誌中有提到不死領域，所以夏露就想到了。畢竟夏露聽過一項傳聞，說從前有研究團隊在染指這方面的研究。」

也就是說——「席亞蕾庇」其實是只有在開發者之間共通的非正式稱呼。

「那群人在開發的『萬靈藥』，難道是用來創造不死之身的人類嗎？」

「沒錯。『萬靈藥』是這十年來在一部分的領域間開始流傳的話語。雖這麼說，也是指檯面下的更深處，一部分財經、醫藥與生物學領域的事情就是了。」

「而在那個藥物的開發上，埃利賽奧有參與其中……？」

「就日誌內容讀起來似乎是那樣。」

「那個萬靈藥到底是為了什麼目的在製造的？」

「肉體的自動修復。」

夏露蒂娜的回答很簡潔。

「據說被投予萬靈藥的人類會變得能夠直接在自己體內修復肉體受到的各種損傷。無論任何內外傷，或任何疾病。」

「修復……居然有那麼荒唐的東西……」

「你講這什麼話？也不想想自己的狀況？」

被吐槽這點的話，我就無從反駁了。

「萬靈藥可說是一種疫苗，讓人類預防名為『死亡』的流行病。雖然說，一切的前提是藥物必須開發完成就是了。長年來那東西都被當成夢話，沒人當真——的樣子。不過就在某一天，那個研究團隊向特定領域的人們發表了他們成功讓實驗鼠獲得自我修復能力的聲明，而且還附上影片。」

「也就是說，萬靈藥完成了。」

「人家講話要聽到最後喔。那段影片中的實驗鼠即使被切斷腳，似乎到了隔天就長出了新的腳。然而後續發展卻沒有發表出來。你覺得是為什麼呢？」

「到頭來，老鼠因為副作用或什麼而死了？」

「應該就是那樣吧。」

意思說，研究團隊隱瞞了對自己不利的部分。

日誌內容寫得明明是超過半世紀之前的事情，但至今那藥物依然沒有完成是嗎？

沒想到竟然會有那麼一群人，為了追求不死而耗費如此漫長的歲月研究。

「即便如此，對於看到那份報告的蠢貨們來說還是帶來了充分的震撼力。研究立刻受到注目，世界各地有錢有勢的大人物們紛紛開始出資援助萬靈藥的研究團隊。」

雖然夏露沒有扯上關係就是了——她講到最後又補充了這麼一句話。

「話說回來，真沒想到埃利賽奧·德·西卡竟然會是那個萬靈藥開發計畫的發起人之一，真是令人驚訝呢。」

看來就連夏露蒂娜的資訊網都沒能掌握到這件事的樣子。

「至於他為何會退出那個研究團隊，甚至離開祖國來到義大利——答案或許就在後面的文章內容中喔。」

夏露蒂娜把身體靠到我旁邊，用指尖戳戳日誌。

「爸比，繼續念**圖畫書**給人家聽嘛。」

「不要這樣。」

〈埃利賽奧的日誌　十二月十一日〉

或許因為昨日對季節不經意的感觸而回想起遙遠往事的緣故，即便到了今天，昔日記憶的濁流依然源源不絕地湧溢而出。

如此的心境也難以在畫布上動筆，因此決定把記憶抒發在日誌上，平靜自己的心情。

一如伊薩克所言，伊琳娜的身體在投藥後沒有出現明顯的副作用。

接著過了十天，伊琳娜的身體開始出現原本預期的**效果**。

被剃刀劃傷的指尖才短短半日便痊癒——只要這麼寫，想必就能明白萬靈藥所帶來的效果了吧。

我雖然還難以揮散複雜的心境，不過一如預期的中途觀察成果讓大家都歡喜於研究的進展。

然而，欣喜只是曇花一現。

過了兩個月後，伊琳娜的身體開始出現了未曾預料過的異常變化。

肉體的崩壞。

宛如赤鏽侵蝕鐵塊般，病變一點一滴地侵蝕、折磨著她。

我為了拯救伊琳娜，犧牲了生活的一切埋頭尋找解決方案。探討所有能夠想到的可能性，摸索阻止崩壞的方法。

可是到最後，我什麼都做不到。沒辦法為她做任何事。

就在這樣的時候，發現了伊琳娜懷有我的孩子。

腹中的胎兒究竟受到什麼程度的影響——無人知曉。

雖然事前不知情，但伊琳娜依然對於把自己孩子捲入實驗之中的事情感到懊悔，不斷自責。

甚至可以說——自責過度，讓她變得不正常了

伊琳娜的肚子一天一天變大，肉體一天一天受到侵蝕。

到了臨產月時，她已是**勉強保持著人的模樣都很吃力的狀態**了。

難以起身，無法下嚥，不能哭也不能笑。

我砸下自己的財產，快馬加鞭開發阻止伊琳娜崩壞的藥物。

不與任何人見面，廢寢忘食地摸索能夠拯救心愛女性的方法。

然而那樣的方法，早已不存在了。

不只如此，我更發現了我們的研究之中存在有決定性的缺陷與矛盾，不管再怎麼發展下去都不可能讓萬靈藥完成。

我們始終只把焦點放在肉體的再生能力上做研究，但**本質其實並不在那裡**。

時間（Chronus）——我們完全忽略了這個概念！

不行了，再這樣下去……無論如何掙扎，照這狀況也——

＊＊＊

伊琳娜留在人世的最後一天。

她產下了一名可愛的女兒。而且有如奇蹟發生般，女兒還保持著人的模樣。

就在我抱起誕生的孩子時，我目睹了自己的妻子，同時也是孩子母親的伊琳娜肉體化為塵埃。

＊＊＊

隔週，我決心帶著女兒離開夥伴。

不，他們早已不是夥伴。

只是一群被實驗成果蒙蔽眼睛，無從控制的傢伙。

更甚者，還把伊琳娜的犧牲美化成「身為研究員無私奉獻的自我犧牲」，又進一步陶醉於其中，讓整個研究團隊醞釀起「只要認為是理論上最佳解法，無論任何手法都要嘗試」的氣氛。

「這次來收集看看女兒的數據吧。」

鮑里斯這句發言成為了決定性的最後一擊。

「畢竟是在胎內透過母親接觸過席亞蕾庇的孩子，世界上可找不到比她更好的樣品啊。」

我偶然之中聽說鮑里斯趁我不在時講過這樣的話，而且當時其他人也沒有強烈否定。

他們死抱著理論，將倫理都扔進了水溝。

顯而易見地，再這樣下去只會將更多無關的人物當成對象，被迫實行人體實驗。

＊　＊　＊

就這樣，我背離了夥伴與祖國，成為了逃亡者。

帶著心愛的女兒——阿波羅尼亞，以及尚未向任何一位夥伴公開過的研究資料片段。

取名為『伊琳娜報告書』的那份研究資料，統整了我為求拯救愛妻而掙扎的過程中獲得的結果。

時至今日，那份資料依然嚴格地保管封印在這座房子中**誰也不會看到的地方**。

至今我已經不下好幾次考慮將它銷毀——

然而都到了這種事態下，我心中某處卻依然相信著人類。

我期望著。終有一天，讓我們的研究，讓席亞蕾庇……在正確的心智下完成的人物會現身。

做為贈予吾女阿波羅尼亞，贈予子孫世代——不，贈予所有寶貴生命的福音，能夠正確利用這東西的人物會現身。

到時候，想必伊琳娜的死與靈魂也能獲得救贖吧。

□

樓下傳來開門的聲響，讓我立刻中斷閱讀。

一旁的夏露蒂娜也輕輕聳肩，用表情告訴我「好像有人來囉」。

甚至還透過很靈巧的手勢對我表示：「這麼說來，剛才好像沒有把門鎖上呢。」

在這種時間，除了我們之外還會有誰跑來這棟封鎖的工作室？

一步一步踏在地板上的腳步聲傳來。

「是誰在上面嗎？」

還有如此詢問的聲音。

這麼說來，我們放下梯子後就沒收上來了。見到這種通常應該會收納起來的梯子居然會放下來，難免會感到奇怪吧。

「……是我。」

不得已下，我只好出聲並爬下梯子。

回到一樓後，我看見對方站在一片幽暗之中的身影。

「朔也同學，是你啊。」

「很抱歉讓你驚訝了，萊爾先生。」

「……這種時間，你到這裡來做什麼？」

平時嗓音總是很大的萊爾，現在卻難得壓低聲量。

「不好意思。我只是聽說這裡是埃利賽奧的工作室，所以想來看看有沒有跟事件相關的線索。」

我一時之間猶豫著該如何回答是好，但最後還是決定照實告知了。畢竟在這種狀況下，也沒其他掩飾的方法。

「事後我會向露或烏魯絲娜小姐道歉的。反倒是萊爾先生為何會過來？」

「因為我從窗戶看見有人影朝工作室的方向走去！覺得很可疑，就扔下喝到一半的紅酒追上來了。不過還好不是賽蓮，真讓我鬆了一口氣啊！雖然說，如果是個美女賽蓮我倒是很歡迎就是了。」

他開開玩笑緩和氣氛。

「話說我剛打開門時沒上鎖，是你開的？真不愧是偵探，身上藏有開鎖用的祕密道具之類的嗎？」

「呃，這個嘛——」

門鎖其實是夏露蒂娜解開的，因此我不禁猶豫該不該正經八百地訂正這點。然而要是講出這件事，就會連此刻她還躲在閣樓上的事情都洩露。

如果被萊爾逼問我和那個大罪人勾結在一塊做什麼，未免會讓狀況變得太過複雜。

所以現在試著撇開話題吧。

「萊爾先生，現在重要的是，請你看看這個。我發現了埃利賽奧先生的日誌。」

我拿起手中的日誌給對方看。

「日誌？原來還有那種東西。然後呢？你查出了什麼嗎？」

「沒錯，實在教人驚訝。他似乎有一段不為人知的壯烈過往喔。」

我將日誌攤開在桌上，用筆型手電筒照出重點部分的內容。

「在一種叫席亞蕾庇的祕藥的創造過程中，他的經歷相當艱辛的樣子。」

「席亞……蕾庇。」

「是的，感覺真的非常艱辛。然後……雖然只是我隱約感覺，不過這次的事件搞不好跟不為人知的過去恩怨有什麼關係存在。」

我在昏暗的房間中埋頭翻閱著日誌。

「原來如此。你知道了真相啊，是名副其實的偵探。」

「請別那樣稱讚我啦。」

「話說回來，你是一個人來的嗎？那個叫莉莉忒雅的美麗少女沒有跟你一起過來啊。我還以為你們總是一起行動的。」

「呃，因為她好像已經睡著了。」

「這樣啊。」

「話說萊爾先生。我有說過我是偵探的事情嗎？」

我若無其事地如此詢問，結果他在回應之前出現一瞬間的停頓。

「有說過啊！你忘了？」

「不，我沒說過。另外，關於你特地自己一個人跑到這種地方來的理由，我也毫無頭緒。」

「我就說是因為我看見人影。」

「由於無法相信任何人所以要關在自己房間——講過這種話的你，會因為只是看見人影，就猜想可能是凶手而自己一個人跑到這間工作室來嗎？」

又停頓了，這次沉默的時間長到無法用偶然解釋。

「你應該是原本就為了某種目的才到這裡來的吧？結果湊巧跟我碰上了。」
拚命想要隱瞞事情的人不是只有我，對方也是一樣。
「萊爾先生，你究竟是什麼人？」
「我就是我！朔也同學，你從剛才開始到底怎麼了！」
回頭想想，奇怪之處其實從起初就存在了。
「你說你是一位珠寶商人對吧？然而我第一次跟你握手的時候，你的手有種奇妙的觸感。雖然當時我沒有太放在心上，但現在回想起來，那是常用武器的人特有的手繭啊。」
我看到呆立在眼前的萊爾緩緩握起了右手。
「具體來說——像是槍械之類的。」
槍械，那是珠寶商人不需要的幹活工具。
為何他有必要一再撒謊——這點我還不清楚。不過他很明顯不是個普通人。
「請問你為什麼要撒那種謊？萊爾先生……你是什麼人？究竟是抱著什麼目的來到這座島上的？」
萊爾原本像是在聽什麼愉快對話的表情頓時崩落，接著一副冷淡地說道：
「我是來尋找寶物。」
「寶物……？」

那是什麼意思？

「就是席亞蕾庛啊。而現在看來你所發現的那本日誌中，似乎記載有找出那東西的重要資訊。」

席亞蕾庛，過去在北方大地祕密開發的祕藥。

萊爾在尋找那東西？

就在我的腦細胞如此分心思考的瞬間——萊爾宛如在黑暗中游移般拉近跟我的距離。

「啊！」

我為了拉開距離把身體一扭，但他卻以驚人的速度繞到我的背後。當我回神時，頸部已經被他手臂完全勒住了。

速度快得超乎想像。

「嗚……！」

「關於剛才那個問題，你確實沒說。沒有說過你是個偵探啊——追月斷也的兒子。」

萊爾粗壯的上臂有如巨蛇絞住我的頸部。

「為……為什麼……你會……知道！」

「畢竟那名字在各種意義上都名震地下社會。你到畫廊島來真的只是單純的偶然嗎？總不會是接到別處的委託來回收東西的吧？」

別處？他在講什麼？

「也罷，是怎樣都無所謂。反正你既然已經知道了席亞蕾庇的事情，就只能消除掉了。雖然我對你印象不錯啊。」

「你……到底……」

不論我如何掙扎都無法掙脫萊爾的手臂。這是唯有徹底理解人體構造與弱點的人才能辦到、沒有絲毫猶豫的鎖喉技巧。

「是你把大家……殺掉的嗎……！」

「大家？哦哦，你在講德米特里和伊凡，我心愛的家族們啊。」

他這句發言聽起來極為虛情假意。

「你猜錯了。**那些不是我幹的**，是其他什麼人。畢竟身為專家，我只會殺害最少限度的目標。例如現在這樣殺掉你實為不得已，可說是我很不想幹的工作啊。」

錯了……？

賽蓮的真面目不是萊爾嗎……

那究竟是——

「放心吧，我不會對你的同伴們出手。只要他們別貿然調查我的事情就好。話說朔也同學，跟你一起來的那個……百合羽姑娘，那女孩……單身嗎？」

為什麼現在會提到百合羽的名字？

明明我都快死了，這傢伙在講什麼……

「呃不，講起來丟臉，不過我對她有點認真了啊。要不要等一下……去追追看呢？呵呵。」

萊爾一邊絞殺著我，卻一邊講著像個**戀愛少年**般的發言。

他是在戲弄我嗎？還是認真的——

「搞什麼……你……到底……是什……麼……」

對於我勉強擠出的問題，他用莫名帶有幽默感的講法回答：

「我是個尋寶獵人。」

尋寶……他在講什麼？

「朔也同學，你被賽蓮殺掉了——就當作是這麼回事吧。在這座島上正莫名展開著一場無法預料的殺人行動，那麼我就順勢利用一下那所謂的海上傳說好了。然後只要讓我找到目標的東西，就能從這座跟我一點關係都沒有的小島早早退散啦。」

下個瞬間，萊爾熟練的手部動作把我頸部折到了原本不應該彎過去的方向。彷彿斷路器跳電般，我的意識瞬間中斷。

被帶往所謂天堂或地獄之類的地方去了。

第七章　偵探要做的事情只有一個

「啊，還真的活過來了。」

回想起自己應該要動的心臟急遽跳動起來，讓血液在我全身重新開始循環。

「嗚…………」

在焦點模糊不清的視野正中央綻放著一朵紅花，但以花來講也未免太大了。

「你脖子沒事吧？有沒有落枕？」

不對，那朵花其實是一名少女。

是夏露蒂娜。

她坐在桌子上，俯視倒在地板上的我。

「居然讓夏露等上十五分鐘，這可是重罪一條喔。」

看來我這次死而復生花了那樣的時間，不過**在紀錄上算是很快的了**。

「夏露……妳沒事嗎？」

「復活第一句竟然是問這種事情？如你所見，夏露一點都沒事。看，腳也長得好好的呢。戳你，戳你，戳你。」

夏露笑著，用高跟鞋的鞋頭戳我側腹部。

「日本的幽靈不是都沒有腳嗎？」

「我……是被殺掉了……嗎？」

「看來是那樣，在閣樓都能清楚聽到你脖子骨頭折斷的聲音喔。」

我坐起身子，確認四周。

這裡是埃利賽奧的工作室，跟剛才一點都沒變。

「你直到最後，都沒把夏露的事情講出來呢。」

「我可不是在掩護妳。萊爾先生呢……？」

「他沒發現夏露就走掉了，帶著那本日誌。」

「這樣啊。」

夏露看起來莫名開心的樣子。

萊爾殺了我——因此殺害德米特里與伊凡的也是他。

要是能夠這樣下結論，該有多輕鬆啊。

——那些不是我幹的。

然而，他否定了這點。

我站起來拍掉衣服上的灰塵後，用手摸摸自己的頸部確認**狀態**。

「他折斷我脖子時的技巧……怎麼想都不是外行人。那是只有熟知殺人手法的人才能做出的動作。」

「而且他好像也知道關於席亞蕾庇的事情呢。」

或者應該說，**那**才是他來到這裡的目的。所以才會把埃利賽奧的日誌拿走，當作資訊來源。

「大概是被誰僱用潛入這座島上的吧。夏露倒是想問一下，那男人當初是用什麼名義到這裡來的？」

「他們說自己是露西歐菈的遠親。包括被殺的德米特里、伊凡，還有萊爾跟卡蒂亞夫妻。這些人是柴伐蒂尼家族，說是聽到埃利賽奧先生的訃聞，所以到這座島上來的。」

夏露在桌上換翹起另一邊的大腿。

「那可真是恐怖的遠親呢。」

露知道萊爾的真面目嗎？

不，就算不曉得也沒什麼好奇怪的。

露自從年幼時來到島上之後，直至今日都不太接觸島外世界的事物。因此究竟自己的親戚中有什麼長相、什麼身分的人——除非有聽埃利賽奧提過，否則應該無從得知吧。

「從前，埃利賽奧從蘇聯帶走了席亞蕾庇的一部分研究資料。而他的日誌中寫道，他將那東西藏在這座島上的某個地方，保管起來了。」

「而那個男人不知為何知道那東西的存在，所以來試圖搶奪。結果在那過程中知道祕密的人物一個接一個殺掉了……是這樣嗎？」

德米特里——伊凡——還有我。

夏露這想法確實可以說得通。

「不過竟然連自己家人都能殺掉，真是個大壞蛋呢。」

妳有資格講人家嗎——我這句話說到嘴邊又吞了回去。

「萊爾究竟是經由什麼原委得知席亞蕾庇的祕密？他得到那東西之後又打算做什麼……很可惜，我剛才沒能從他口中問出這麼多。」

因為在問出來之前就被輕易殺掉了。

萊爾大概也覺得自己講太多廢話吧。

「等一下。」

我回神才注意到，夏露蒂娜正瞠目結舌地看著我。

「朔也，難道你是為了從對方口中套出資訊，才故意講那些挑釁的發言誘使對方攻擊自己的？」

「嗯？是沒錯啊？」

獵人越是把獵物逼到絕境的時候，就真的會越多話。

尤其是知道自己一〇〇%可以殺掉對方滅口的時候。

因此我才會相信萊爾否定其他犯行的主張。

畢竟沒有人會對即將喪命的對象刻意撒謊。

也就是所謂「在你死之前讓我告訴你吧」的典型。

實際上萊爾也真的有告訴我幾項資訊，接著真的把我殺掉了。

「說得也對。正常狀況下，對方在那當下就贏了。因為知道真相的人已經從世界上消失。然而你卻可以帶著從對方口中套出的資訊死而復活，是吧。真了不起。」

我只是活用自己能夠辦到的手法來收集資訊，僅此而已。

「但夏露還是要講句話：真傻眼，你把自己的性命當成什麼了？」

「講得可真辛辣……」

我知道，這種方法根本連交涉技巧都稱不上。

「假如萊爾一如他自己所說，不會無端執行沒有必要的殺人行為，那他應該就不會再去攻擊其他人才對。不過……」

「你還有事情想要問那男人對吧？那你就直接去問他看看呀。雖然對方應該會嚇到全身翻過去就是了。」

「……我是有此打算啦。」

萊爾現在應該已經回到洋館中，而且裝得一副若無其事。

「我們回去吧。」

「嗯，那就抱夏露下去。」

夏露蒂娜依舊坐在桌子上，對我伸出手。

但我丟下一句「妳自己下來」並拍掉她的手，逕自離開了工作室。

□

我和夏露蒂娜兩個人全身感受著浪濤聲與海風，沿著來時路往回走。

剛剛天上明明還烏雲密布的，雲層卻在不知不覺間開始稀疏，讓月亮可以從縫隙間隱約露臉。

多虧如此，黑暗的夜晚變得明亮了幾分。

抬頭可見前方的佇立者之館（Demonia Kavira）。

要快點回去才行。

正當我這麼想的時候，不經意望見頂樓有東西在動——不對，是人。

有人在東館的頂樓上。

萊爾嗎？

不。

月光照耀下，在黑暗中閃閃發亮的白金色秀髮，輕盈跳躍的纖細肢體。

「莉莉！」

她大半夜在頂樓做什麼？

居然沒有留在房間睡覺嗎——雖然我沒資格講別人就是了。

「那孩子真是的，**終究按捺不住了嗎？**」

比我遲來的夏露蒂娜一見到頂樓的景象，便把手插在小蠻腰上嘆一口氣。

我聽她這麼一說而仔細觀察，才發現那裡除了莉莉忒雅之外還有一個人。

宛如鯊魚的危險高挑女人，夏露蒂娜的得力左右手——之中的左手。

阿爾特拉。

她們兩人一下逼近又一下遠離，接著又互相交錯。

那動作簡直就像在決鬥。

不對——那何止「像」而已，是真的在廝殺啊。

「妳居然派部下去襲擊莉莉忒雅嗎！」

回過神時，我已經逼近夏露蒂娜面前。

「才不是呢，是那孩子擅自行動的。」

夏露蒂娜露出反咬一口似的表情對我微笑。

「就像夏露去找你一樣，那孩子也找對方來場深夜約會了吧。看來阿爾特拉真的非常中意你的助手呢。中意到想要親手破壞的程度。」

太大意了。

我一直以來都認為，會被盯上的人總是我。

認為需要承擔危險可能的人只有自己。

「你生氣了？」

「我沒生氣！」

「你生氣啦。只要關係到助手的事情，你臉色都會變呢。」

我不理會夏露蒂娜的挑釁，拔腿衝向東館。

東館的構造上，要去頂樓必須從玄關搭那臺老舊電梯上去才行。

正當我壓抑著急躁的心情等待電梯下來的時候，有個人影從交誼廳的方向走來。

「咦～？朔也，你這時間要做什麼啦？」

是貝爾卡。

她手中抱著紅色的塑膠紙。

那是從哪裡，又是為什麼她會拿著那東西——我完全沒有餘力思考這些疑問。

「現在頂樓上發生了嚴重的……也不對……呃，該從哪裡說起才好……」

真的該從哪裡說起，我很猶豫。

「我是聽不太懂啦，不過你來得正好。朔也，如果方便，你也來幫忙吧。我們接下來要去做個實驗。」

貝爾卡拿起手中的紅色塑膠紙，對我微笑。

「是老師交代的。」

「什麼幫忙……」

就在我搞不清楚她在說什麼而不知該如何回應時，電梯門開了。

「抱歉！我現在有事要忙！如果需要幫手就去拜託**那邊**吧！」

「啥？為什麼夏露要幫忙才行！」

我跳進電梯，連按頂樓的按鈕。

電梯門即將關閉的瞬間，我看到了貝爾卡與夏露蒂娜彼此尷尬互望的模樣。

□

我知道，莉莉忒雅很強。

她所學的戰鬥技術絕非凡響，就算集結了一打數量的我也肯定比不過她。所以平常我是不會擔心成這樣的。

然而這次對手不同。

大富豪怪盜（Celebrity）深深信賴的部下——要是跟全身殺氣的阿爾特拉交手，誰也無法預料結果會如何。

萬一出了什麼差錯，將可能導致最糟的狀況——

電梯抵達了頂樓。

「妳這傢伙！渾蛋！放開我！可惡……！」

然後——在那裡早已分出了勝負。

「恕我無法答應妳的要求。」

莉莉忒雅用大腿鎖住阿爾特拉的頸部，同時也扣住對手一邊手臂的關節。在我這外行人眼中實在看不出究竟是什麼狀況，總之我只知道她們很像某種前衛的益智環一樣完全被扣住了。

「唉～真是沒出息。」

正當我目不轉睛地看著眼前的景象時，忽然從一旁傳來聲音。

轉頭一看，夏露蒂娜的另一名隨從——卡爾密娜就站在那裡。

「阿爾特拉～是妳說要讓我見證妳的完美勝利，我才揉著想睡的眼睛勉強陪妳來的，結果妳這是什麼德行？全身被綁成那樣是要叫人幫妳測血壓什麼的嗎～？」

「吵、吵死了……！接下來就要形勢逆轉了啦！」

「我可不會幫妳呦，要昏厥妳自己一個人昏吧。」

她對阿爾特拉送上辛辣刻薄的激勵後，冰冷的眼神瞥向我，輕聲一笑。

「呃、喂，莉莉忒雅小妹呀～！這……這種程度的東西，老娘馬上就能解開……然後馬上扯掉妳兩邊耳朵！讓妳今後休想再聽到什麼傳聞還是謠言！」

阿爾特拉被封鎖得徹底無法動彈，只能一臉痛苦地放狠話。

「莉莉忒雅！」

雖然景象壯烈到嚇人的程度，但我還是趕緊衝向那兩人。

「朔也…………啊！」

莉莉忒雅一見到我便立刻鬆開原本鎖住阿爾特拉的雙腳，急忙整理被掀起的裙襬。

「那個……朔也大人，事情會變成這樣是有很深刻的緣由……」

「妳沒事吧！有沒有受傷？」

「嗚……嗯。沒有。」

「這樣啊……」

我忍不住渾身虛脫。

其實根本用不著我趕來，她就已經擊敗了對手。真的，不愧是莉莉忒雅。

「這渾蛋……居然還藏了一手絞技。妳這傢伙是魔術師咩？」

阿爾特拉搖搖晃晃地起身，緩緩轉動脖子。

「莉莉忒雅，妳被她襲擊了？」

「非常抱歉，我擅自離開了房間。這是因為剛才我目擊到那個人企圖襲擊朔也大人的房間——」

「呀哈哈。因為我想確認看看那小鬼是不是真的不死之身呀～所以就瞞著大小姐去偷吃看看啦。結果居然被眼尖的莉莉忒雅發現，跑來礙事了。詛咒妳～」

「盯上的目標是我？」

「而我為了阻止對方，不得已開戰了。」

「別生她的氣啦，偵探。那是我邀她來的。畢竟想說既然要打就找個沒人會來礙事的地方好好打，徹底把她斃(kill)掉的說。」

「……原來是這樣。」

當我跑去工作室的這段期間，莉莉忒雅為了保護我而和阿爾特拉——

「就這樣，莉莉忒雅。這場架的後續，妳當然會陪我繼續打吧？」

「等等，妳們剛才不是已經分出勝負了？」

「啥？哪裡分出勝負了？我可是像這樣活得好好的喔？就算現在馬上去給醫生

看也沒問題，健康得很。所謂『分出勝負』這種話，是在某一方的腦袋被砸在柏油路上時才講的啦，偵探～」

「是喔，不過夏露說要妳立刻下樓去喔。」

「呃？」

「她說要好好處罰擅自行動的孩子這樣。」

「少……少騙人！你這混帳！別講那種**結構鬆散的謊話**！大小姐怎麼可能那麼簡單就**處罰**人！那種事情……」

當然我只是在唬她而已，然而效果奇佳。一聽到自己主人的名字，凶暴的阿爾特拉就當場安分下來。

「還有啊，妳家主人現在好像在樓下忙什麼事情喔。妳不快點去幫她嗎？」

「什麼～！這種事先講呀！喂，卡爾密娜，咱們快去！大小姐～！」

「等、等等，妳別拉人家呀！」

阿爾特拉抓起卡爾密娜的手就慌慌張張走進電梯，跑到樓下去了。真是超有精神的。

這下總算讓雙方停戰了。

「莉莉忒雅，我們也回去吧。其實我這邊也該說是得到很多收穫嘛，總之有些事要告訴妳……嗯？」

「請問怎麼了嗎？」

「莉莉忒雅，妳裙子好像沾到什麼。我失禮一下喔。」

雖然話才講到一半，但我還是忍不住在意而伸手捏起那東西，而且很快就知道那是什麼了。

「是花……的瓣兒。」

「……那種講法，總覺得有點討厭。」

莉莉忒雅對我投以冰冷的眼神，但現在比起她的視線更有一件事讓我在意。

「話說這個……呃，我記得是收在這裡……」

我用空出來的另一隻手翻找自己的衣服口袋，從中拿出了另一枚花瓣。

是形狀、顏色都相同，香味也一樣的花。

「莉莉忒雅身上的花，跟我身上的花……感情好，配一對呢。」

「現在不是講那種事情的時候吧？」

被罵了。

「印象中這是我在一樓走廊撿到的。就是百合羽大叫說露遭人襲擊，所以大家趕往露房間的那時候。」

我當時對這花瓣多少感到在意而收到自己口袋，卻直到現在才想起這件事。

「可是為什麼莉莉忒雅的裙子上會沾到一樣的花瓣？」

「這個嘛，我想肯定就是開在那裡的薰衣草花吧。」

這地方有一塊小小的空中花園，種植著花朵。

「哦哦，那就是之前從西館頂樓看見的花啊！」

「也許我剛剛在閃避阿爾特拉的攻擊時稍微擦碰到了那些花，對於栽種的露西歐菈大人實在很抱歉。」

由於現在還是晚上，而且在強風吹掃中難以呈現出原本的美感，不過那些花綻放得可真漂亮。

露西歐菈招待我們到她房間時，我在走廊上並沒有看到這種花瓣。

雖然也可能是因為它太小而漏看，不過這種藍色的花算是相當顯眼，只要掉在地上應該總會有誰——尤其費多肯定會發現才對。

換言之，這花瓣是在我們出去屋外的那段期間掉落在走廊上的。

「莉莉忒雅，妳在洋館或小島周邊有看過其他薰衣草花叢嗎？」

「沒有。」

「假如只有種在這裡……是否表示當我們到屋外尋找哈維先生的那時候，有誰偷偷到這個頂樓來過？」

然後就像莉莉忒雅一樣碰觸到那些薰衣草而沾到衣服上，結果不知不覺把花瓣帶到一樓去了。

「也有可能是大家出去的時候，被暴風雨的強風吹走的花瓣沾黏到什麼人的衣服上喔。」

「真要講起來也不是沒有可能性，但機率未免也太低了吧？要這樣說的話，或許是什麼人來到島上之前偶然讓薰衣草花藏在身上，然後又偶然讓它掉落到地上——連這種推理也能成立啦。」

對於我的反駁，莉莉忒雅似乎暫時接受了。

嗯……？

「咦？話說我們去尋找哈維先生的時間應該是……」

「跟德米特里先生遭到殺害的時間點完全重合呢。也就是說……」

「把花瓣帶回屋內的人物很有可能就是殺害德米特里的凶手！」

「沒錯！」

莉莉忒雅的聲音難得興奮起來。

「對吧！」

微渺的線索互相串接起來，讓我們忍不住開心擊掌。

接著緊抓這條線索不放，慎重思考不在場證明的問題。

殺害德米特里、把花瓣帶回屋內的人是誰？

正常來想就是沒參與哈維搜索行動的人物嗎？

不，那也很難講。

對，搜尋哈維的下落時，貝爾卡、萊爾與烏魯絲娜小姐那個小隊說過，他們曾有一小段時間互相走散。

若要嚴密考察不在場證明，這點也有必要放在腦中。

「當時留在屋內的有……露跟卡蒂亞小姐，然後伊凡先生和德米特里……嗎？」

露西歐菈靠那雙腳要跑到西館三樓應該很困難吧。

東館是有設置電梯讓她能夠到頂樓來，但西館沒電梯。再加上一樓的樓梯老舊，要上樓的話還不得不繞遠路才行。

雖然她靠義肢似乎最起碼能夠走路的樣子，可是如果要在有限的時間內爬到西館三樓殺害德米特里，前後又經過東館頂樓——現實來看太勉強了。

遭到殺害的德米特里與伊凡就暫時先撇除——至於卡蒂亞則是身為德米特里遺體的第一發現人，實際有到過西館三樓。

當然她雙腳看起來都很健康。

若照條件來看，目前就屬她最可疑。然而所謂的第一發現人是當遇到沒有其他嫌疑人的時候首先會遭到懷疑的對象。實際上我也因為這樣覺得這點有些奇怪。

假設卡蒂亞真的是凶手，為何她要特地裝成第一發現人跑來告知我們呢？

另外要講到令人在意的地方——

「不過凶手究竟有什麼必要跑到這種地方來呢？」

正當我思考的時候，莉莉忒雅也在完全相同的時機講出了跟我同樣的疑惑。

「我也剛好在思考這點。殺害德米特里的時間點只有在相當短的一段期間內，凶手應該一秒鐘都無法浪費才對。可是卻特地經過東館的頂樓是為了什麼？」

我一邊口頭整理自己的思緒，一邊邁步從頂樓的一端橫越到另一端。

凶手到底有什麼理由來到這地方？

若舉個比較淺顯易懂的可能性，是為了把凶器藏到不會被別人看見的頂樓嗎？

但目前我沒發現這裡有什麼奇怪的東西。

「明明那個時段的雨勢還很強勁的說。」

「可是凶手卻依然要到這地方來。」

我走了約十五步便抵達另一端。溼漉漉的鐵欄杆在我腰部的高度。眼前是平緩的屋簷往前延伸兩公尺左右，也能看見對面的西館是相同構造。

「**因為經由這裡可以抄近路啊**。」

我用雙手握著鐵欄杆，直盯對面。

「朔也大人，那意思是……」

「莉莉忒雅，從東館（這邊）到西館（那邊），妳看隔著中庭大概有幾公尺？」

突然被我如此一問的莉莉忒雅有些疑惑地站到我旁邊，目測距離。

「五……不，應該六公尺多吧。」

「我也這麼覺得。」

只要稍微靠在欄杆上把上半身探出去，我用手握住的欄杆就宛如老人家的牙齒般搖晃起來。

不出所料——

西館的鐵欄杆老舊得比這邊更嚴重，已經有幾處脫落的缺口。而從我現在站立的位置沿直線看過去的部分也有一塊欄杆缺口。

我抱著確信往雙手施力，結果握在手中的鐵柵欄便輕易從地板中拔出來了。

將拔下的柵欄靠在旁邊之後，我退到一邊讓莉莉忒雅也能看清楚。

如此一來這邊也變得沒有柵欄阻擋。

隔著中庭出現了一條空中的直線路徑。

「這種距離，妳覺得我也可以跳過去嗎？」

「你說『跳過去』？意思說凶手是**從這邊的頂樓跳躍到對面的頂樓**？」

「我覺得凶手要經過頂樓應該沒有其他理由了。而且理論上，六公尺絕不是人類無法跳躍的距離。」

「可是要在視線不佳的夜晚，而且還是暴風雨中喔。然後朔也大人在學校的跳遠紀錄只有五公尺零一。」

「嗚……」

為什麼她會知道我的學校紀錄啦？

「暴風雨確實很棘手，稱不上是良好的環境條件。但反過來想，會不會也正因為如此帶來好處？」

「這哪裡是好……啊。」

就在莉莉忒雅準備繼續反駁時，植物的葉子飛過她眼前。

是種在中庭的樹木，強風把葉片颳向黑暗的夜空。

「你的意思是利用風力對不對？」

「沒錯，就跟隱藏德米特里的遺體時一樣，凶手在這裡也活用了暴風雨的強風。」

夾在東西兩館之間的狹窄中庭此刻也依然吹著激烈的風。而且風向不時改變，從下方往上竄升。

「除此之外只要再抓準順風的時機跳躍，應該可以比正常狀況下跳得更遠吧？」

「意思說……凶手是經由頂樓往返，達成犯行的。」

「如果經由這條路徑就有可能辦到。而且妳看，這邊和對面的頂樓剛剛好都鋪有柔軟的土壤。就算跳躍方式稍微亂來一點，至少也能在落地時當成緩衝——凶手應該是這麼想的吧。」

然後當凶手要從對面跳回來而落到花圃上的時候，薰衣草花瓣就沾黏到凶手身上。而凶手沒有注意到這點，直接回到一樓，結果讓花瓣掉落在走廊上了。

說明到這邊，莉莉忒雅已經變得無意反駁。

「問題就在於——誰能夠辦到這種事？」

「萊爾先生假如運動神經不錯，應該是最有可能性的人物。」

果然那個人就是整起事件的凶手嗎？

「伊凡先生又如何？」

「那位老先生是受害者喔？」

「但現在還沒找到遺體，因此偽裝成自己死亡並躲藏在某個地方的可能性並非為零。」

「要這樣講是沒錯，但伊凡大人的腳不方便呀。」

「啊，說得對齁。他隨身都帶著拐杖啊。」

說到底，光是年齡上就已經很難講得通了。

「另外就是卡蒂亞小姐……但她有辦法跳這麼遠嗎？」

「即便是女性，如果曾經從事過田徑競賽應該也有可能。」

「這樣啊。」

要說到曾經從事田徑競賽……

「啊！要這樣講的話，烏魯絲娜小姐也是啊！」

她何止有過田徑競賽的經驗，甚至還是跳遠項目的奧運代表選手。而世界頂級的女子跳遠紀錄更是超越了七公尺。

「假如單純只考慮是否可能跳躍到西館，候補人選就是萊爾大人、卡蒂亞大人以及烏魯絲娜大人了。不過……」

「嗯，這終究是在撇除考慮不在場證明的條件之下。我是很想冷靜下來重新調查每個人當時的行動啦……」

「不對，朔也大人。如果只是從這裡跳過去，我想我也應該能辦到。」

意想不到的意見讓我不禁當場僵住了。

「當然靠莉莉忒雅的體能應該是可以……」

「要不要我現在跳過去給你看？」

「咦！沒必要做到那樣吧。」

「……我想還是不要好了。」

明明是自己提議的，莉莉忒雅卻又馬上撤回了發言。這以她的個性來講是很稀奇的事情。

「妳突然怎麼啦？」

我感到在意而如此詢問，結果她做出用手緊緊壓住自己裙襬的動作。

「那個……風……裙子……所以……」

「啊……」

懂了。

明白之後，我把手放到她肩膀上說道：

「莉莉忒雅，跳跳看吧。鼓起勇氣來。」

「我不跳。你露出那種像是追求夢想般晶亮的眼神是在講什麼話？」

被拒絕了。哎呀，我想也是。

「開玩笑的啦。反正不管怎麼說，懷疑莉莉忒雅的選項本來就不存在我腦中。可是妳卻主動把自己也列入嫌疑人名單中，真是有夠正經的。」

「請問你都不懷疑我嗎？」

「對於助手從頭到尾都保持信任——這就是偵探。」

「噢。」

什麼「噢」。這句話明明很感人，反應卻這麼冷淡。

我心中才剛這麼想，就看見莉莉忒雅用雙手掩著嘴巴。或許她以為自己有遮掩住，但上揚的嘴角根本看得一清二楚。

反正她似乎相當開心，那就好啦。

話說，身體開始冷下來了。

就到這裡暫時撤退吧。

「……我們也下樓去吧。畢竟貝爾卡他們好像準備要做什麼事情的樣子。啊，不過在那之前我要先去找萊爾抱怨個幾句才行。」

絕不能放任他這種人物不管。

「抱怨幾句？請問發生了什麼事嗎？」

「我在那間跟洋房分開獨立的工作室被他殺了。」

「那……也就是說，他就是事件凶手嗎？」

「應該非常接近有罪吧，但老實說我還不清楚。」

「這樣呀。話說朔也大人，居然在我不知情下跑到那種地方……」

啊……莉莉忒雅嘟起嘴脣了。

「詳、詳細經過等下樓之後我會跟妳說啦！」

查明事件——萊爾的目的——夏露蒂娜與阿爾特拉的動向——莉莉忒雅的心情。

今晚必須注意的東西也太多了。

「那就讓我聽聽看吧。不過話說回來——」

「嗯？」

「你又被殺掉了呢，朔也大人。」

我和莉莉忒雅搭電梯來到二樓，快步走向萊爾的房間。

畢竟他應該以為自己在工作室徹底把我收拾掉了，所以現在想必已經安心回到房間才對。

然後埋頭閱讀他得手的那本埃利賽奧的日誌，試圖從中尋找他似乎在尋求的席亞蕾庇研究資料的相關情報吧。

「席亞蕾庇……在蘇聯開發的祕藥嗎……」

聽了我的說明後，莉莉忒雅也難掩驚訝。

「或許很難輕易相信吧，連我到現在也依然有種彷彿聽到天方夜譚的感覺。不過現在確實有人為了尋求那玩意而在行動，那就是萊爾先生。」

然後我實際上真的被殺了。

這個仇恨可是很深的。

我故意用力敲門，發出響亮的聲音。

現在的我可是抱著彷彿出現在對方惡夢中的心境跟他會面。

縱使萊爾似乎在某種程度上擅於殺人術，不過只要有莉莉忒雅跟我同行就能安心了——雖然自己講這種話很沒出息啦。
現在首先要把他拘禁起來，然後把一切事情都問個清楚。
叩叩——
「萊爾先生……？」
可是不管怎麼等，房內都沒有回應。
我們不禁無言相望。
「呃……難不成他已經睡著了？熟睡？明明在剛殺掉我之後？」
他的膽子竟然這麼大嗎？若真如此，在某種意義上還值得尊敬呢。
「請你退開。」
正當我這麼想的時候，莉莉忒雅突然短距離助跑把門踹開。
「莉、莉莉忒雅，這樣未免太粗暴了吧？」
「不，朔也大人。我聞到氣味了。」
「氣味……？啊！」
聽她這麼一說，我也注意到了。
這是血的氣味。
進入房間之後，那味道又變得更濃。
「怎麼會………」

有個男性倒在地板上。

是萊爾。

莉莉忒雅立刻上前檢查萊爾的狀況，但很快便搖搖頭。

他已經死了。

自稱萊爾・柴伐蒂尼的男人，口吐出大量黑濁血液喪命了。

「這吐血，以及激烈抓過頸部的痕跡——死因應該是毒物。」

莉莉忒雅說著，指向遺體旁的地板。有個破裂的酒杯掉在那裡。

桌上有一瓶木栓已經打開的紅酒，我想應該是烏魯絲娜小姐提供的吧。酒瓶內剩下三分之一左右。

而在那酒瓶底下壓了一張小小的便條紙。

「這是……」

我確認一下，上面寫有這麼一段文字：

——致心愛的妻子：先走一步了。我再也無法承受沒有兒子的寂靜世界。卡蒂亞，抱歉。

「是遺書呢。」

「是……沒錯啦。」

就內容來看，那毫無疑問是一封遺書。

由於喪失了兒子德米特里，絕望的父親選擇追隨自殺。

感覺是煞有其事的理由。

然而——

「但這是假的遺書。」

現在的我能夠如此斷定。

追隨自殺。

原來如此，確實是有可能發生的事情。

做偽裝工作的凶手，大概想要塑造出一個愛家的男人因厭世而自殺的情節吧。

不過這種偽裝只限於以為萊爾一如外觀是個善良男子的人才能發揮作用。

假如是珠寶商人的萊爾或許還有可能性，但自稱尋寶獵人且能毫不留情把我頸部折斷的他，是絕對不可能自殺什麼的。至少在這種時機點。

他才不是自殺——只有直接被他親手殺死過的我才知道這點。

「雖然現在沒辦法調查萊爾的筆跡，不過這肯定是別人寫下的東西。就像哈維先生的事件那時，露做過的一樣。」

「既然朔也大人如此認為，那麼就是如此吧。」

莉莉忒雅對我的見解完全不否定。

「那麼就表示萊爾大人是被什麼人下毒殺害的。」

對，沒錯。

萊爾被殺了。

究竟是被誰……？

關於德米特里和伊凡的死，萊爾說過那是其他什麼人幹的事情。

萊爾也是被那個真凶殺害的嗎？

「我想恐怕是酒瓶中被摻入了毒物吧。」

「……對了，日誌呢！」

被萊爾搶走的日誌在哪裡？

腦袋混亂之中，我依然想辦法冷靜下來到處尋找房間各處。

然而怎麼也找不到。

「不見了……」

「請問就是朔也大人說在工作室找到的那本埃利賽奧先生的日誌嗎？」

剛才前來這間房間的路上，我已經把事情的來龍去脈大致告訴過莉莉忒雅。

「意思說殺害萊爾大人的人物，目的是要從他手中搶走那本日誌？」

除了萊爾之外，還有其他人物在尋找那本日誌——不，尋找祕藥嗎？

「那個人物在第一時間就得知萊爾獲得日誌，朝祕藥的祕密接近一步的事實。於是下藥將他殺害，並奪走日誌……大概是這樣吧。那也就是說……那本日誌才是這次一連串殺人事件的動機……？」

我又如自言自語般這麼說著，同時延續剛才尋找日誌的行動繼續觀察房間。然而沒有發現任何感覺可以成為線索的東西。

「這樣下去也沒有著落……莉莉忒雅，我們走吧。到樓下跟貝爾卡他們……」

「朔也大人。」

「嗯？」

正當我放棄尋找，準備走出房間的時候，忽然被莉莉忒雅叫住。

回頭一看，她站在萊爾旁邊開口提議：

「現在還有希望，讓此人復活吧。」

□

電梯抵達一樓後，伴隨森嚴的聲響把門打開。

「啊！來啦來啦！老師，朔也他們回來囉！」

貝爾卡就跟剛才上樓時一樣站在電梯門前等著我們。

卡蒂亞也在她旁邊。

「貝爾卡，剛才很抱歉。因為我遇上緊急狀況。」

「沒關係啦。這邊的工作已經徹底準備完成了！」

「呃不，關於這點，我們有些事情需要告訴你們……」

包含在萊爾房間看到的事情在內，我希望能立刻共享資訊，然而貝爾卡卻不給我那樣的時間。

「嗯嗯，彼此彼此！輪流輪流！」

「拜託！你們到底在幹什麼啦……人家好不容易才讓自己睡著的說……」

卡蒂亞一臉愛睏地壓抑著呵欠。

「來吧，大家到這邊到這邊！」

貝爾卡精神洋溢的聲音響徹深夜大廳。

大概是聽見那樣的聲音，烏魯絲娜小姐從走廊深處現身了。

「各位，請問這種時間究竟在吵什麼……？」

她的房間似乎距離玄關大廳很近的樣子。

手機上顯示的時間是五點五分。

「啊，把妳吵醒了嗎？不好意思，因為實在發生了太多事情……呃。」

如此說明解釋的我見到她身上的打扮，不禁當場啞住。

Killed again, Mr. Detective.
你又被殺了呢，
偵探大人
03
©teniwoha 2022
Illustration: Riichu
KADOKAWA CORPORATION
尖端出版
www.spp.com.tw

太意外了，烏魯絲娜小姐的睡衣竟是布料薄到嚇人的連身睡袍。
雖然姑且有套一件外套，但還是令人感到視線尷尬。然而她本人卻對這份破壞力毫無自覺。
「來得正好呢。烏魯絲娜小姐要不要也一起來？」
貝爾卡見到烏魯絲娜小姐那模樣卻沒有特別在意，甚至還上前邀請她。
「一起來……？」
「貝爾卡，你們究竟打算做什麼？」
「什麼叫做什麼。朔也，你問認真的嗎？」
貝爾卡當場雙手抱胸，用力挺起胸膛。
「說到咱們偵探要做的事情只有一個！就是推理呀！」

第八章　今後也請多多關照聰明伶俐的百合羽喔

貝爾卡帶我們來到的地方是 111 號房——也就是伊凡的房間。

「總算來啦？」

費多早已坐鎮在房間中央。

卡爾密娜與阿爾特拉兩人也站在窗邊。

「然後呢？你們特地把大家召集過來到底想幹什麼？」

被迫跟來的卡蒂亞表現得相當不愉快。

「好啦！現在就請各位好好欣賞英國引以為傲的偵探犬精湛的推理吧！」

貝爾卡快步跑過去站到費多旁邊，裝模作樣地如此說道。

「偵探犬……？妳說那隻狗狗嗎……？」

烏魯絲娜小姐看著舞臺正中央的費多，難掩困惑神情。

「雖然我們一直沒講出來，但其實費多是個偵探。」

我向她如此重新介紹費多的事情。

「這樣……」

烏魯絲娜小姐果然一時之間還無法完全接受事實的樣子。

「費多，我是不曉得你準備要做什麼，但你先聽我說。關於萊爾的事情……」

介紹結束後，我把自己所見所聞以及經歷過的事情偷偷只告訴費多。

而牠聽到這些事情後雖然耳朵動了一下，但沒有表現出更多反應。

「嘿！既然人都到齊了就快點開始呀。」

其實我還想把工作室找到那本日誌等等細節的內容也跟牠共享，然而卻被夏露蒂娜打斷了。

「你們那麼悠哉沒問題嗎？」

夏露蒂娜在房間角落跟貝爾卡站在一起。

「呃不……可是……」

「你們難道想要把剛才叫夏露幫忙的成果拖到後面嗎？」

啊，她在鬧彆扭。

「知道了啦。可是其他人呢？」

現場看不到百合羽和露西歐菈的身影。

「你以為現在幾點呀？正常人都還在睡覺啦。夏露其實也很想睡，是特地撐著精神陪你們的喔。明白（Understand）？」

明明自己三更半夜跑到我房間來，還有臉講這種話。

「知道了啦，丫頭，妳別吵。我們趕快開始上課吧。小鬼，你要講的事情我們接下來會聽你說。」

費多如此表示，安撫反應變得過度敏感的我。確實，如果大家都有好好把房門上鎖躲在自己房間裡，或許沒有必要強制叫醒到這裡來集合吧。

「你們知道了什麼事嗎？」

「算是啦。透過這點應該可以把事情搞個清楚。也就是月亮調換之謎。」

「月亮之謎？」

我不禁看向房間的圓窗。

那裡畫有一輪掛在夜空中的綠色滿月。

「在303號房遭殺的伊凡為何會一下子消失蹤影——我們接下來要說明那個手法。」

「既然這樣，我們去案發現場的303號房不是比較好嗎？」

「不，在這裡就行了。**因為這裡就是案發現場**。」

「咦？」

「伊凡根本沒有到什麼303號房去。他從一開始就一直在這間111號房。包括打那通電話的時候，還有遭到攻擊的時候也是。」

「但是啊～狗兒呀～」

窗邊的阿爾特拉忽然用有點凶悍的態度開口。

「那時候被幹掉的老頭不是說過沒有月亮咩？」

「對呀，可是這房間的畫上很清楚地畫了個滿月，完全不一樣。難道你想說只有遭到殺害的那瞬間，牆上的畫作被掉包了嗎？」

卡爾密娜也接著如此開口，看來她們也還沒從費多口中聽到真相的樣子。

「把畫作掉包？哼！那樣到頭來還不是需要趕路往返一樓和三樓的房間？當時根本沒那種時間啦。好好動腦想一想吧，多嘴的丫頭們。」

即使面對那兩位危險人物，費多的態度也依然故我。

「其實根本就不需要做那種事情。重點是只要在那個瞬間，從伊凡的視野中把月亮隱藏起來就可以了。」

把月亮藏起來？

「請問也就是說，利用了互補色嗎？」

首先得出答案的是莉莉忒雅。

聽到她這句話，費多滿意地點點頭。

「就是那樣，莉莉忒雅。等一下讓妳摸摸我的背吧。」

這是只有費多才能成立的笑話，不過對某些人來說或許真的是種獎賞吧。

「現在就來實際示範一下，你們看好。」

費多如此表示後，朝貝爾卡輕輕吠了一聲。

接到這個暗號的貝爾卡立刻走向圓窗旁邊。

「我就在等這一刻！……來吧，夏露蒂娜，要上場囉！按照練習時那樣做吧！」

「咦？噢、嗯！」

連夏露蒂娜也被硬拉過去了。

貝爾卡接著從熱褲口袋中掏出一個摺疊起來的小東西，「啪！」一聲攤開。

我本來還以為是手帕之類，但原來那是直徑一公尺左右的透明紅色塑膠紙。

兩個人站在圓窗左右兩邊，合力把那張塑膠紙在窗玻璃前展開。

剛才貝爾卡說要人幫忙的原來就是這件事啊。

「噹噹～！來呀，夏露蒂娜！笑容笑容！」

「噹噹～」

夏露蒂娜不知為何也頗配合的。

「夏露大小姐！好可愛！」

姑且先不理會亢奮的卡爾密娜，我見到眼前這幕景象也總算全部理解。

「不見了！」

原來如此，確實不見了。

唯獨畫了滿月的部分因為紅色塑膠紙覆蓋而消失。

只剩下一片漆黑的夜空。

黑暗的新月。

「這就是伊凡看到的畫。」

透過紅色濾鏡觀察綠色的東西會看起來是黑色——就跟寫考古題時用紅色墊板隱藏答案是同樣原理。

「這是我們兩個人合作切成圓形的喔。話說夏露蒂娜她手超笨拙的～」

「閉嘴！夏露原先還搞不清楚究竟想要搞什麼事情，不過……啊哈！這下懂了！凶手就是像這樣把塑膠紙剪成剛好跟窗戶一樣的形狀貼到玻璃上，讓原本的圖畫看起來像別的圖呀～」

夏露蒂娜透過自己張開的塑膠紙看向窗裡的畫作，對所見景象的變化嘖嘖稱奇。

「伊凡在 303 號房消失之後，我總覺得很在意這間 101 號房的狀況。所以就來仔細調查了一番。對！結果呀！我們在這扇圓形窗戶的邊邊發現了透明膠帶的殘餘片段！老師因此推理凶手會不會在這裡貼過什麼東西，接著很快就得出真相了！真不愧是老師！」

貝爾卡身為助手表現得極為驕傲。但費多本人卻一副這種事情根本無關緊要似地繼續說明：

「伊凡當時說過：沒有月亮，一片漆黑——所以我猜想凶手搞不好是利用顏色施了什麼詭計。」

「原來如此……凶手像這樣讓月亮的畫徹底變樣，導致伊凡先生產生了自己身在完全不同房間的錯覺啊。」

「產生錯覺的不是只有伊凡。凶手在 303 號房與 111 號房兩邊都播放相同的歌聲，還刻意經由內線電話讓我們聽見那聲音，使得我們也誤以為犯案現場就在 303 號房了。」

還真是費工的巧妙詭計啊——費多露著尖牙如此表示。

「原來如此……假如是這樣……………等等，那不就表示……」

也就是說……

「朔也大人？請問你怎麼了？」

「沒事……」

這怎麼可能……

「關於歌聲只要再準備另一卷錄音帶就行。稍微找找看應該也能在其他房間發現另一臺卡式音響。犯案之後凶手只要把音響從 111 號房回收帶出去，就能湮滅證據了。」

不過，現在的重點不在那邊——費多如此表示後，繼續說道：

「現在的主題是月亮。剛才為了驗證互補色詭計而去尋找能用的道具時，我回想起了塑膠紙的事情。」

「塑膠紙……？」

這麼說來，那種東西究竟為什麼會突然登場的？

「烏魯絲娜不是放在自己口袋嗎？」

「烏魯絲娜小姐的口袋……？啊！」

我想起來了，就是最初她招待我們到各自房間時不小心掉出來的東西。她當時說過那是為了幫露西歐菈慶生而偷偷買來裝飾房間用——

就在這項資訊被爆出的瞬間，所有人一起把視線看向烏魯絲娜小姐。而她很明顯表現得慌張失措。

「雖然覺得抱歉，不過我趁妳不在時稍微去翻了一下妳房間。然後就從妳桌子的抽屜裡把塑膠紙借來一用了——也就是紅色的塑膠紙。」

「怎、怎麼會……！」

擅自翻找女性房間這種行為聽起來相當糟糕。烏魯絲娜小姐頓時發出不滿的聲音，但又作罷。畢竟對方是隻狗，似乎讓她猶豫該不該生氣的樣子。

「我是覺得對妳很過意不去。若妳不介意只是顆狗頭，要我對妳低頭道歉也行。話說回來，當時我只覺得那是小鬼被大姊姊戲弄而已的無聊情景，不過凡事瞧一瞧總會派上用場啊。你說是吧，小鬼？」

「我、我可沒有被戲弄什麼的喔？」

「看來是真的呢。」

莉莉忒雅小聲呢喃，我都說是誤會了啊。

就在這時，貝爾卡彷彿要把脫線的話題言歸正傳似地大聲說道：

「我懂了！也就是說老師最終打算這麼講對不對？」

對於如此自信滿滿的助手，費多當場「哦？妳懂了？」地瞇起眼睛。

「我懂！那妳講講看吧。也就是說，這項詭計利用了有色的塑膠紙……能夠辨到這件事的只有烏魯絲娜小姐！對不對？」

「…………咦？」

霎時的寂靜後，烏魯絲娜小姐吐出纖弱的氣息。

「原來就是妳嗎！就是妳把我家公公大人……」

卡蒂亞當場動怒起來。

「不、不對！我不知道！不是我做的！」

烏魯絲娜小姐則是趕緊表現出強烈否認的意志。

「當伊凡先生打內線電話來的時候，妳並沒有在交誼廳。就在內線電話響起之前，妳說要去泡咖啡而離開了房間是不是？」

「或許是那樣沒錯……但那是巧合呀……！」

「妳如果在那時候立刻來到這間111號房攻擊伊凡，再趕緊回到交誼廳，就有可能辦到這項犯行了吧？至於用餐車端來的咖啡，只要預先準備好放在廚房就行了。」

若只論不在場證明的有無，或許確實是這樣。

「假如犯案現場是位於三樓的303號房，我也會覺得距離上再怎麼說都太勉強。然而真正的犯案現場是這間111號房。妳透過引導我們誤會犯案現場的手法，試圖讓自己撇除在嫌疑名單之外。」

另外還有喔——貝爾卡又如此繼續說道：

「如果是身為幫傭的烏魯絲娜小姐，要在伊凡先生喝的酒裡摻入安眠藥應該也是輕而易舉吧？例如——跟他講說自己來送上新的一瓶酒之類的。藉此讓伊凡先生睡著之後，妳就能在圓窗貼上濾鏡了！」

「不對！那全都是錯誤的妄想！太過分了，貝爾卡妹妹！我還以為妳是個好孩子的說！」

面對這樣接二連三的指控，烏魯絲娜小姐終於讓感情爆發出來了。

「咦？對、對不起……」

貝爾卡輕易就被那迫人的氣勢震懾，明顯變得軟弱退縮。

「呃……我也不是因為恨妳才這麼說的喔？對不起，對不起喔？推理，我繼續講下去囉？」

看來還是要繼續說明推理的樣子。

她接著走近牆邊的空書架，指向腳邊。

「我剛才觀察房間時注意到了。你們看，這裡有被動過的痕跡。」

確實，地板上隱約可以看到舊痕跡。如果家具長年來都擺在相同位置，那地方就會留下這種像晒黑邊緣似的痕跡。

「妳趁伊凡先生睡著的期間，盡可能改變了家具的擺設位置。當然，就是為了讓伊凡先生醒來的時候產生自己被帶到其他房間的錯覺。烏魯絲娜小姐不但身材高䠷又勤奮工作，以女性來說看起來很有力氣。要搬動空的書架肯定很輕鬆，也能很快就把它搬回原位才對。」

「她認為如果是剛醒過來，意識還很模糊的伊凡，應該就能騙過去是嗎？」

「朔也說得沒錯。消失的月亮加上變動的家具擺設，這兩項要素讓當時的伊凡先生誤以為自己來到跟原本房間完全不同的另一個房間了。」

貝爾卡這段推理很難得地井井有條，聽起來也好像在某種程度上可以講得通。

「但是303號房播放的歌聲呢？她是什麼時候跑去按下音響按鈕的？」

「就是說呀。如果是位於同一樓層的111號房，或許還有可能在短時間內完成犯案，但終究必須親自爬到三樓去按下播放鍵不是嗎？烏魯絲娜應該沒那種時間吧？」

這點妳要怎麼說明啦——夏露蒂娜如此逼問貝爾卡。

「呃～呃～……這個嘛……」

「來呀，狗助手，說明一下呀。」

無論對人或是對狗，這都不是尋求對方說明該有的態度吧。

「這個嘛……」

「大發現——！」

房門就在這時忽然被打開，百合羽衝進房內。

「呀啊啊啊啊啊！」

結果被她搶到背後的夏露蒂娜當場藝術性滿點地癱坐到地上了。

「大、大小姐——！」

「妳這混帳！誰准妳突然從大小姐背後登場的！太囂張了！」

夏露蒂娜在部下們的攙扶下搖搖晃晃站起身子。

「妳、妳突然做什麼啦！不要嚇人呀！」

「對不起喲！因為人家實在感到很在意，睡都睡不著呀。啊嘻！」

「什麼啊嘻啦！」

「人家剛剛去了一趟 303 號房喔。」

「一個人跑去那房間？百合羽，妳別太亂來啊。」

在這種凶手不知躲在什麼地方的狀況下居然離開房間亂走——我本來想要這麼念她幾句，但在這點上我自己也是一樣，就沒能繼續多講什麼了。

話說，到頭來這個晚上大家都沒睡嘛。

「對不起，但我想說至少要幫上師父一點忙嘛。」

「然後呢？妳發現了什麼？」

「就是錄音帶呀錄音帶！嘿～咻。」

百合羽把提在手中的手提音響舉到頭頂上。

「我一直在想，那起事件發生的時候，凶手究竟是什麼時候去按下錄音帶播放鍵的。」

這麼說來，她當時好像對音響感到很在意的樣子。

「不過我重新調查一下，發現其實是很單純的事情。」

百合羽把錄音帶轉回最初的地方後，重新按下播放鍵。

大家反射性地安靜下來豎耳傾聽。

可是不管等了多久，都聽不到任何聲音。

於是百合羽一小段一小段地反覆快轉，結果就在錄音帶轉到一半左右的時候，終於開始出現歌聲。

「看！就是這樣！這卷錄音帶的最初二、三十分鐘左右都沒有聲音，是到途中才有錄歌聲的！」

「原來如此。這樣一來只要從頭開始播放錄音帶，就要等到大約三十分鐘之後才開始播放歌聲。凶手把這手法當成了一種計時功能啊。」

「就是那樣。凶手刻意安排讓歌聲到特定時間才會從那房間傳出來呀！」

「既然這樣，就沒有必要在犯案前跑去那房間一趟了。百合羽，腦袋不錯！」

「汪嗚～～！被稱讚了！今後也請多多關照聰明伶俐的百合羽喔！」

聽到我率直稱讚這份功勞，百合羽當場開心地蹦跳起來，還差點把手提音響摔到地上。

「關於錄音帶的問題，這下不但省去了說明的功夫，還讓小鬼的徒弟幫忙把詭計手法都解說完了。妳可要好好感謝人家啊，貝爾卡。」

聽完說明的費多難得很滿意似地如此讚嘆。

「錄音帶的事情……我、我其實也多多少少有猜到是這樣呀！朔也，你相信我。是真的～」

「好啦好啦，我相信妳。」

「太好啦～！」

才簡單一句話就恢復精神了。貝爾卡，妳會不會太單純啦？

「這下錄音帶的問題也解決囉！烏魯絲娜小姐接著誘導我們前往三樓，自己則是趁這時間從容不迫地拆除掉 111 號房設下的詭計，並且把伊凡先生的遺體搬出來藏到什麼地方去了。對不對？」

貝爾卡如此為自己的推理做下總結，雖然途中也有靠百合羽幫忙就是了。

即便如此，烏魯絲娜小姐依舊搖頭主張自己的清白。

「全部都是誤會！而且如果要說我是整起事件的凶手，那麼關於德米特里先生的事情又要怎麼解釋！當時我可是和各位一起在屋外喔？」

確實，那時候烏魯絲娜小姐到碼頭去確認船隻狀況了。

「回到房子後又立刻因為大小姐的事情引起了一場騷動……」

「可是妳途中說為了受傷的小露要去拿急救箱跟毛巾過來，就離開了房間不是嗎？」

「這……我確實有離開房間……但頂多只有一、兩分鐘而已呀！畢竟我房間和大小姐的房間距離沒多遠……」

烏魯絲娜小姐大概想要主張光靠那麼短的時間不可能犯案吧。

「呃……德米特里被攻擊的房間在西館三樓……如果從小露的房間往返……嗚。」

貝爾卡似乎理解到時間計算上很難犯案，頓時講不出話來。

「看，不可能辦到！再說，我根本沒有什麼要殺人的理由……」

「應該……不只是那個時候吧？」

「……咦？」

從預料之外的方向拋來疑問，讓烏魯絲娜小姐當場僵住。

靜靜發出聲音的，是莉莉忒雅。

我也立刻察覺她想講什麼了。

「就是最初到屋外的時機。當時朔也大人、百合羽大人以及我三個人去尋找哈維先生的下落……而貝爾卡大人、烏魯絲娜大人與萊爾大人則是前往碼頭。」

「那時候……」

「我記得你們確實說過，在前往碼頭的途中，三個人曾有五分鐘左右的時間互相走散。」

「啊——」

烏魯絲娜小姐發出微弱的聲音。幾乎就在同時，貝爾卡也改變表情。大概是回想起當時的事情了。

「雖然這只是假說，不過也能考慮或許是故意假裝走散並掉頭趕回屋內，前去殺害了德米特里先生。」

「怎麼會！莉莉忒雅小姐！」

「我說的終究只是一種假說。」

莉莉忒雅態度冷靜地如此強調。

貝爾卡則是「原來是那時候啊——！」地仰頭佩服這項說法。然而她的表情很快又黯淡下來，提出疑問：

「可是呀，從那地方要趕到西館三樓的犯案現場應該很辛苦吧？雖然那時候我們確實走散了五分鐘以上，但就距離來看，那比起從露房間過去還要遠得多，這樣來得及嗎？」

這問題雖然是對莉莉忒雅提出的，但她卻彷彿要交棒給我似地把視線看向我。

或許她身為助手希望給我一點面子吧，其實不需要在意那麼多地說。

「呃～……關於這點啊，其實我們發現了一條可以抄近路的路徑。」

「咦！朔也，你說真的？」

我伸手指向正上方，繼續說明：

「就是頂樓，凶手是從東館頂樓跳躍到西館頂樓去的。」

接著我便將剛才和莉莉忒雅在頂樓驗證得出的結論告訴大家。

「從那邊到西館的距離大約六公尺多一點。雖然會伴隨風險，不過只要用跳的往返兩處就能省下相當多的時間。」

「呃~……可是有三層樓高喔？我、我可辦不到~」

「我也一樣辦不到啊，貝爾卡。但如果只論條件，烏魯絲娜小姐是有可能的。因為——」

「因為我以前是個跳遠選手……嗎？」

烏魯絲娜小姐搶先理解了我想說的話，自己如此說道。

「對，妳自己講過，妳以前曾經是奧運的代表選手。」

「奧運！那不就**恰好符合**了嗎！」

「不，貝爾卡。即便如此，但我猜想烏魯絲娜小姐應該還是沒辦法跳才對。」

「咦咦……？為什麼？」

雖然我沒那個意思，但總覺得好像有種把人拱上臺又拆臺的感覺。抱歉啦，貝爾卡。

我接著重新正面看向烏魯絲娜小姐。

「烏魯絲娜小姐，請問妳是不是已經無法像從前那樣跑跳了？」

對於我的問題，她沉默一段時間。

「沒辦法……跳了？」

到最後，烏魯絲娜小姐抬起頭承認一切。

「你說得沒錯……現在的我別說是像以前那樣了，甚至沒辦法像正常人一樣跳。雖然我……巴不得遺忘這件事情就是了。」

「對不起。」

「可是朔也先生，為什麼你會知道……？」

「我最初感到奇怪，是在大家一起追著露到地下的時候。妳當時比在場的任何人都要擔心露，考慮到妳們之間的關係，這也是當然的吧。然而在抵達玄關大廳的電梯時，應該比任何人都要擔心主人的妳卻是最後一個追上我們。就算已經退休，但妳在幾年前明明還當過田徑選手啊。」

烏魯絲娜小姐聽著我這段話，並輕輕把背靠到房間牆壁上。

「接下來還有，就是到達地下空洞而大家沿著水上岩石跳往深處的時候。當時只有烏魯絲娜小姐沒那麼做，刻意選擇涉水行進。」

明明岩石之間的距離沒有很大，她卻不想用跳的。

「這點就成了決定性的線索。」

「朔也先生觀察得可真仔細呢……」

「雖然我忘了告訴大家，但我好歹也算個偵探啊。」

到現在已經做過那麼多形同推理的行為，如今才這樣自我介紹也真夠晚了。

偵探──烏魯絲娜這麼小聲呢喃，把眼睛睜得又大又圓。

「也許妳受了足以影響到選手生命的重傷……或者因此導致了某種心理性動作失調而變得無法再跳了。是不是？」

烏魯絲娜小姐深深吐一口氣之後……

「正如你的想像。」

她緩緩脫下自己的鞋襪給我們看。

「別看我這樣，我以前其實也是個備受期待的選手。然而反覆多次的傷害一直讓我苦惱，也動過了好幾次手術。」

從襪子底下露出的阿基里斯腱附近留下讓人看了都痛的手術疤痕。

「為了回應大家的期待，我絕對要返回田徑場才行。絕對要克服傷害才行──也許就錯在這樣的心情過於強烈吧。不知不覺間，我的跳躍姿勢都變得不良……等到察覺時，就連朝著跳板衝刺這件事本身……都讓我覺得恐懼起來了。」

我已經沒辦法跳了。

烏魯絲娜小姐用這句話為自白作結。

到此階段，貝爾卡也徹底啞口無言了。

這位女性並非凶手。

「嗚嗚……老師……我猜錯了……」

由於自己發表的推理結果錯誤，貝爾卡明顯變得沮喪。

「妳這次也敗仗啦，貝爾卡。雖然說，這結果打從一開始就能料到了。畢竟塑膠紙這種東西，誰都能去偷拿出來。這樣不足成為只懷疑烏魯絲娜一個人的根據。話說現在可以感到傷心的人可不是妳。這種程度的事情應該用不著我說吧，貝爾卡？」

即使面對垂頭喪氣的貝爾卡，費多講話依舊嚴厲。

「嗚……我、我知道啦！費多真壞！」

貝爾卡忍耐著淚水，畏畏縮縮走到烏魯絲娜小姐面前。

「那個……烏魯絲娜小姐……真的非常抱歉！」

「貝爾卡小姐，沒關係的。在這種狀況下還繼續隱瞞過往的我也有不對。」

烏魯絲娜小姐輕輕擁抱貝爾卡，原諒了她。

「好溫柔……媽嗎～！」

「我才不是妳媽媽呀……」

唉，受不了。

那兩人的擁抱瞬間就讓現場氣氛緩和下來。

在這樣的狀況中，百合羽提出單純的疑問：

「可是師父，這樣到頭來究竟凶手是誰呢？」

這句話深深刺進了我的胸口中心。

「這個嘛……」

從剛才那段推理的途中開始，我心中就有種不好的預感逐漸膨脹。後來聽著大家討論，那感覺便化為了確實而具體的東西。

「朔也大人……你從剛才就看起來不太對勁。請問是身體哪裡不舒服嗎？」

「我沒事。」

我家助手從不會漏看我絲毫的變化。

雖然自己沒有察覺，但我似乎把心事寫在臉上了。

「人家剛剛還擔心究竟會變成怎樣的，不過烏魯絲娜小姐的嫌疑被洗清真是太好了呢！」

百合羽對眼前這平靜的一幕，暫時感到鬆了一口氣。

然而夏露蒂娜卻對那樣的她壞心眼地說道：

「妳那樣放心下來沒關係嗎？」

「怎麼樣？放心下來又有什麼問題嘛？吥～！」

難得看到百合羽會這樣正面與人對槓。夏露蒂娜則是不理會她那態度，愉快嘲笑起來。

「現在還沒找出凶手喔？」

「是沒錯啦，但接下來師父肯定會……」

「接下來——真的有那樣的時間嗎？」

「夏露……！」

我趕緊打斷她的話，但來不及了。

「哎呦，朔也，關於時間限制的事情，你還沒告訴烏魯絲娜嗎？你都不講的話，大家不是很可憐嗎？」

「請……請問你們在講什麼？」

烏魯絲娜小姐一臉不安地交互看向我和夏露蒂娜的臉。

「就是再過沒多久後，這座島會被夏露的自家用潛水艇發射飛彈轟炸的事情呀。」

夏露蒂娜彷彿把烏魯絲娜小姐的反應當成甜糖般**享受**著，毫不留情地講出祕密。

「妳……妳說什麼……？為什麼要做那麼過分的事情……！」

「不過放心吧。只要這位偵探——追月朔也能夠在時限內解開這一連串事件的真相，夏露就會遵守約定，停止發射飛彈的。」

「怎麼會……」

烏魯絲娜小姐立刻明白了現在的危機狀況。就算不是她，任誰只要親眼見過那艘潛水艇，都應該不會認為這只是什麼惡質的玩笑話而一笑置之吧。

「要、要快逃才行……」

「現在島上可沒地方讓你們逃喔。」

對，目前島上沒有能夠航行的船隻。

夏露蒂娜・茵菲利塞斯毫不理會癱坐到地上的烏魯絲娜小姐，正面盯著我露出彷彿要把人吃掉似的微笑。

「然後呢？朔也，時間差不多快到囉。你知道凶手是誰了嗎？」

我全身感受著那猙獰的笑容，同時在腦中整理自己的思緒。

「只要能湊齊最後一塊拼圖，我想應該就能揪出凶手了。」

「朔也，你說真的嗎！」

「沒錯，多虧妳和費多發表的這段推理，讓我把原本只是片段的資訊接在一起了。」

「那麼最後一塊拼圖究竟是什麼呢？」

百合羽著急地朝我靠近過來。

「為了湊齊那塊拼圖，有一件事情必須確認清楚。」

假如那件事一如我的預想，應該就能趕在飛彈發射之前解決事件。

但萬一預料錯誤——

我用力搖頭甩掉這想法，接著向大家提議：

「老是站在這裡也不太好，我們要不要暫時移動到交誼廳呢？我還有些事必須告訴大家才行。」

「我也認為這樣比較好。」

包括莉莉忒雅在內的所有人都表示同意。

「那麼烏魯絲娜小姐，雖然剛剛才講完那些話還麻煩妳很不好意思……」

「請問有何吩咐？」

「可以請妳去把露叫醒嗎？畢竟大家到頭來都沒睡而集合在這裡了，我想讓她也一起過來會比較好。」

「說得對！我這就去叫她！」

工作勤奮的烏魯絲娜小姐立刻轉身前往露絲歐拉房間了。

我們早一步先來到交誼廳，大家各自在沙發或暖爐前找到自己喜歡的地方坐了下來。

稍遲一些後，露西歐菈便在烏魯絲娜小姐幫忙推著輪椅下現身。

我本來還以為是她換裝梳理花了點時間，不過她卻是以抱著自己那條愛用毛毯的狀態登場了。

「我站在房門外叫醒大小姐，但費了好一番功夫才讓她起床了……」

烏魯絲娜小姐感到抱歉地如此說道。

窗外逐漸變得明亮起來，日出的時刻將近了。

交誼廳的掛鐘指著五點三十五分的位置。

距離飛彈發射剩下二十五分鐘。

不過，**只要這樣就足夠了**。

「大家趁露不在的時候……聚在一起開派對嗎？」

「咦？不是不是。我們並不是在排擠妳啦～」

貝爾卡慌慌張張地哄著剛起床的大小姐。

等露西歐菈來到桌邊之後，我繼續開始說明：

「這樁發生在洋館的複雜事件雖然令人猶豫該從何說明起才好，不過首先有一件事情我想告知各位。」

「什麼事情啦？」

卡蒂亞過度神經質地如此反應。

「直到剛才，我在屋子各處繞了一下……」

「……還真是不怕死的行為呢。」

「做為一名偵探，這是調查的一環。然後，卡蒂亞小姐，請妳冷靜聽我說。其實萊爾先生在他位於二樓的房間試圖自殺。」

「咦咦！」

這下不只卡蒂亞，其他人也都表現得比剛剛還要動搖。

「我是到他房間拜訪時偶然發現的。」

「自、自殺……意思說凶手已經死了嗎！」

「啊，抱歉，我這樣講好像會讓人誤會。」

「咦？什麼意思？」

聽到百合羽這句疑問，莉莉忒雅上前說明：

「萊爾大人勉強保住了一命。幸好他喝下的毒並沒有達到致死劑量的樣子，目前正在他房間的床上休息。」

「原來有得救呀！太好了……」

百合羽鬆了一口氣。

相對地，有個人物的反應跟百合羽恰恰相反。

「怎麼可能這樣……！」

是卡蒂亞。

坐在沙發上的她半站起身瞪大眼睛。

「啊……」

對於她這樣奇怪的態度，百合羽疑惑歪頭。

「卡蒂亞小姐，妳說『怎麼可能這樣』……是什麼意思呢？妳丈夫救回了一條命喔？妳不開心嗎？」

「我……一時驚訝失措了……」

卡蒂亞發現眾人的視線都集中在自己身上，馬上打消起身念頭似地重新坐回沙發上。

莉莉忒雅觀察著那樣的她，並語氣平淡地繼續說明：

「當我們發現時萊爾大人的心臟已經停止，但經過復甦急救後，他又活了過來。時機真的可以說非常驚險。是不是呢，朔也大人？」

「沒錯，我起初還想放棄準備離開房間，不過是莉莉忒雅把我叫住，說他或許還有獲救的可能。」

「原來是這樣……不過萊爾先生為什麼想要自殺呢？再說，師父又是為什麼會知道他是自殺的呀？」

「哦哦，因為他房間桌上留下了這封遺書。」

我說著，從口袋拿出當時那張便條紙。

「我看看喔。」

貝爾卡收下遺書立刻掃過一眼。

「哇~這的確毫無疑問是遺書呀。」

「不過那個其實是假的。」

「咦？什麼意思？」

「也就是說，實際上是有人殺了萊爾先生，再留下假的遺書偽裝成自殺。萊爾先生甦醒過來後告訴了我們，他根本沒寫那種東西。」

「所以這是凶手準備的假遺書……哦~」

貝爾卡一臉感慨地把便條紙翻到背面觀察。

妳不管從哪一面看都是同樣的東西啊。

「萊爾先生告訴我這件事後，馬上失去了意識。」

「不過他應該很快又會醒來。或許可以等他平靜下來之後再重新向他問話。例如他為什麼必須遭人下毒才行？下毒的人物又是誰？」

「對，既然是本人，對於下毒的人物應該多少有些頭緒。而做出這項行為的人物，很有可能就是其他殺人事件的凶手——」

「我、我先過去看他！」

這時，卡蒂亞突然起身準備走出交誼廳。

「必須去照顧那個人才行！」

多麼美好的夫妻之情啊——假如真的是這樣就好了。

「卡蒂亞大人。」

莉莉忒雅開口叫住卡蒂亞。

「妳的心情我們明白，不過萊爾大人的狀況已經穩定下來了。現在還是別單獨行動比較好。」

「可、可是……」

「若不介意，要不要我陪妳一起去？」

「多管閒事！我自己去就行了！」

「卡蒂亞小姐，請問妳有什麼必須立刻前往萊爾先生身邊的理由嗎？」

我站在交誼廳門口擋住去路，逼問卡蒂亞。

「例如說，自己沒把人殺乾淨，所以這次想要確確實實奪他性命……之類的？」

「你、你難不成要說……我想殺了他嗎！」

「畢竟若要殺人滅口，只有現在這個機會了。而且妳剛才也很奇怪。就算是一時驚訝失措，聽到自己丈夫沒事卻當場露出那種飽受衝擊似的表情，簡直就像妳覺得萊爾先生活下來很不妙一樣。妳是不是在害怕從他口中說出自己妻子就是凶手呢？」

「你、你在講什麼鬼話……！為什麼我要殺掉自己丈夫！」

卡蒂亞拚命搖頭，但如今那一切看起來都虛假無比。

「這樣啊。那我們現在就大家一起過去找他吧，畢竟他說不定已經醒來了。」

「等、等等！」

見到我轉身準備離開交誼廳，卡蒂亞趕緊開口制止。

「為什麼要制止呢？妳不是很擔心萊爾先生的狀況嗎？」

「我就說……那是……！」

她的態度無論看在誰的眼裡都已經一目了然。

「該不會妳其實一點都不擔心吧？」

「什麼！太失禮了！小鬼頭懂什麼夫妻之情！我們的結婚生活可是非常順遂的……！」

我把卡蒂亞的怒罵聲當成耳邊風，並試著把內心一直默默感受到的疑點小聲講出來：

「結婚生活？你們之間真的是**夫妻**嗎？」

霎時，整間交誼廳的空氣都凍結了。

大家紛紛看向我，那眼神有如見到一名演員不小心說出了劇本上不存在的臺詞。

「其實……夫妻什麼的全都是偽裝，實際上兩人之間根本毫無關係吧？」

「師、師父！你說他們不是夫妻……究究、究竟是在講什麼？」

「就是字面上的意思。不只這樣，**柴伐蒂尼一家整個都是偽裝出來的家人啊**。」

「咦咦！意思說德米特里也是……伊凡先生也是……」

「萊爾先生也是嗎！」

百合羽和貝爾卡一起大叫出來。

「嗯，我想他們之間彼此都是**完全不相關的人**。說是露的親戚肯定也是假的。他們所有人應該都是為了尋找相同的東西而來到這裡，是類似特務之類的存在吧。」

這是由於我被萊爾殺掉的事情成為契機而浮現的想法。

「特務……師父，為什麼你會這樣想呢？」

「會讓我產生這種感覺……也就是令人感到奇怪的地方，其實從一開始就存在。首先，柴伐蒂尼一家人的長相和民族都互相迥異。還有卡蒂亞小姐在各種細節部分令人感到在意的發言與行動。」

——那傢伙竟然會被抹消掉……早知道就不應該到這種地方來了……！

——我有在擔心呀。妳、妳太失禮了！這哪裡事不關己了！

「這些言行都暗示著他們並非普通的家族，但我一直忽略了這些細節。不過在**臨死之際**萊爾先生講出來的發言成為了決定性關鍵。他在意識模糊的狀態中說了這樣一段話：只要讓我找到目標的東西，就能從這座跟我一點關係都沒有的小島早早退散啦……這樣。」

雖然嚴格上來講並不是他而是我的臨死之際，不過在他的發言內容上我沒有說謊。

畢竟是我犧牲自己的性命好不容易換來的資訊，就讓我好好活用一番吧。

「跟我一點關係都沒有——假如他真的是露的親戚絕對不會冒出這種發言。就是因為這句話讓我開始懷疑他們會不會是彼此套好招的虛擬家人。所有人都是偽裝來歷、變裝假扮、佯稱親戚來到這裡拜訪的。」

「可、可是師父，到底有什麼必要做出那種事情呢？又不是在拍電影。」

這種話從百合羽口中講出來實在很諷刺。

「就是萊爾先生自己講的。他是……不，他們是為了獲得某樣東西才來到這座島。」

「啊！那麼德米特里不自然地跑去西館的理由該不會也是？」

「想必就是趁著其他人沒看到，跑去胡亂翻找所謂的**某樣東西**吧。換言之，他在哈維先生失蹤引起的騷動中，試圖偷吃步啊。」

「偷吃步……也就是搶先其他夥伴嗎？」

「說到底，他們根本不是什麼夥伴。雖然為了達成目的或許有事先套招，但並不是同一個團隊。所以萊爾先生才會被卡蒂亞小姐背叛而遭到毒殺了。」

「那麼朔也，所謂某樣東西究竟是什麼？」

「呃～關於那東西，我們暫時先擺到一邊……」

我把貝爾卡提出的疑問委婉帶過。

某樣東西。當然就是指祕藥——席亞蕾庇。

不過現在要是從頭開始說明關於那個祕藥的歷史，絕對會超過時限。

「有本日誌記載了那東西的隱藏地點，而它便成了一切災難的源頭。」

「日誌……？」

「就是埃利賽奧的日誌。而在他們那群人之中，萊爾先生單獨搶先一步獲得了那本提示隱藏地點的重要線索。」

「為什麼……你會知道日誌的事情……！」

卡蒂亞大為震驚。

她果然不曉得萊爾殺掉我並搶走日誌的事情。

莉莉忒雅這時出面代替我回答卡蒂亞的疑問：

「為什麼會知道……嗎？朔也大人好歹是一名偵探。他不會毫無意義就大半夜冒著生命危險獨自出去亂走。在妳不知情的地方，朔也大人無時無刻都在收集各種資訊呀。」

她這段話沒騙人，也有稱讚我。

可是聽起來卻莫名刺痛我的良心，究竟是為什麼？

她在氣我獨自一個人出去亂走嗎？

不管怎麼說，總之當卡蒂亞對日誌的存在做出反應的瞬間，就能確定她的嫌疑了。

「卡蒂亞小姐察覺萊爾先生獲得日誌的事情，便想說為了不讓他超前自己而對他下毒了。」

「我不知道！我都不知道你在講什麼！」

「另外在達成目的的過程中，也對身為競爭對手的德米特里以及伊凡先生下了毒手。對不對！」

已經沒有必要再觀察對方的反應了，於是我直截了當地提出了卡蒂亞的嫌疑。

而這項手法似乎奏效，卡蒂亞終於講出了這麼一句話：

「不對！**另外兩個人的事情**我真的不知道！」

「另外兩個人？意思說萊爾先生果然是妳殺害的沒錯了？」

「我是無辜的……！」

「那麼我們果然還是直接去詢問萊爾先生本人吧，順便切個蘋果過去。」

「嗚……嗚……！」

見到卡蒂亞的臉色，我和莉莉忒雅默默互相點頭。

應該已經很充分了吧。

「請放心吧，卡蒂亞小姐。老實說，萊爾先生並沒有得救。切蘋果拿過去，他也已經吞不下了。」

「……什麼？」

卡蒂亞霎時露出魂魄出竅似的表情。

「很遺憾，說他驚險保住了一命其實只是莉莉忒雅虛言套話而已。」

對，萊爾先生已經死了。

當我們發現他時早已無從懷疑、無法復甦，撒手人寰了。

「咦？咦？師父，人家腦袋都混亂起來了。所以萊爾先生到底是……？」

百合羽困惑得雙眼打轉。

「他沒獲救，毒藥達到致死劑量了。」

當時，莉莉忒雅把準備離開萊爾房間的我叫住，並對我提出一個點子。

——讓此人復活吧。

那句話的意思並非要拯救萊爾性命。

而是**假裝萊爾急救復甦成功**，藉此逼出凶手。

老實說，這招能否順利完全是一場賭局。

不過由於萊爾被殺的事件感覺是衝動犯案的可能性很大，我認為用這種**其實沒殺乾淨**的初步陷阱手法或許意外能使凶手心生動搖，於是接受了助手這項提議。

結果來看，凶手真的**漂亮上鉤**了。

「萊爾先生向我否認遺書的事情之後……就這麼斷氣身亡了。」

我在這裡又摻進了小小的謊言。

畢竟如果不這麼做，我能夠當場判斷遺書真假的理由就不見了。

不過像這種走後門似的手法，完全就像老爸會幹的事情，讓我心裡很在意……而當我這麼想著並看向莉莉忒雅，她卻不知為何一臉滿足地望著我。

別這樣。不要露出那種『您成長了』的表情啊。

「因此現在就算要直接找他問話也辦不到了。雖然說，光看卡蒂亞小姐言行上的這些紕漏，我想應該也沒那種必要啦。」

卡蒂亞當場眉頭抽動，氣憤得聲音顫抖。

「嗚……這死小鬼！竟敢用這種狡猾伎倆……愚弄老娘……！」

老實說她這態度真恐怖。

「唉……如此拙劣的虛言套話，沒想到你們竟然真的付諸實行啊。」

費多似乎很傻眼地嘆氣。

「咦？老師，原來你知道嗎！」

「抱歉，貝爾卡。剛剛我們在講悄悄話時，我只告訴了費多真正的事情。」

「不公平！」

或許費多即便感到傻眼也依然覺得這項作戰計畫不算壞吧，因此都沒有插嘴，始終在知情之下安靜觀望。

我接著重新轉頭看向雙眼瞪著我的卡蒂亞。

「我什麼都不知道！一切都是賽蓮搞的鬼！」

「卡蒂亞小姐，其實妳打從一開始就抱著背叛其他人的打算，所以偷偷帶了毒藥到這裡來的吧？要不然我們現在也可以去調查看看妳的行李。妳不介意吧？」

「嗚……！那種事……」

「或許可以連同毒藥一起發現那本被搶走的日誌喔。」

費多也從一旁支援。

「這……這群渾蛋！該死……！渾身味噌臭的東洋小鬼頭跟混帳狗子，竟如此囂張！」

卡蒂亞的語氣驟變。

看來她真的被戳到了痛點，從沙發起身一步一步退向牆邊。

「卡蒂亞小姐……不，這會不會是妳的假名，其實有其他真正的名字呢？」

「閉嘴！」

激昂的卡蒂亞從裙子口袋掏出一把小型手槍。

「居然還偷藏了那種東西！拿槍指著別人講出來的話沒有說服力啦！我才不相信！像德米特里的事情也一樣，妳其實是自己殺掉之後佯裝成第一發現人的吧？」

貝爾卡勇敢地喊話應戰。

我也站到她身邊對卡蒂亞說道：

「那把手槍，在殺害德米特里與伊凡先生的時候沒用過啊？對了，畢竟槍聲會讓犯行曝光。也就是說妳只會在真的被逼到不得已的時候才會掏槍吧？」

「不對！我真的只有殺掉萊爾而已！」

「我相信，那些不是妳做的。」

「就是說呀！卡蒂亞小姐接二連三犯案……欸？等等，朔也！你說什麼～！」

又再度被我拆臺的貝爾卡頓時變得慌張失措，真對不起她。

「朔也明明剛才也在懷疑她不是嗎～！」

「抱歉，那時候是為了讓她承認殺害萊爾，才故意把多餘的罪狀也強加在她身上。其實卡蒂亞小姐並沒有殺害德米特里，也沒殺害伊凡先生。她只有下毒殺害萊爾先生而已。」

「那也就是說？」

「萊爾先生的死和其他事件是不同案子，無論德米特里或伊凡先生都不是卡蒂亞小姐殺的。」

「是、是這樣嗎？老師？」

貝爾卡轉向費多求助，然而費多卻不發一語。

「起初我也以為殺害萊爾先生的人物就是整起事件的真凶。但如果殺害萊爾是卡蒂亞小姐的犯行，這說法就不成立了。」

「請問那是……什麼意思？」

「就是不在場證明啊。首先是殺害伊凡先生的時候。犯案當時，她始終都跟我們一起待在這間交誼廳。」

「這麼說來……確實沒錯。」

「至於德米特里時的狀況，回想一下剛才講過頂樓的事情吧。」

「凶手從東館跳躍到西館那件事？」

「對，可是卡蒂亞小姐不可能辦到這點。」

「不可能嗎？搞不好她運動神經很好，只是深藏不露而已呀。」

「不，這不是運動神經好不好的問題。是現場沒有留下痕跡——一般人在頂樓那種環境下跳躍時必定會留下的痕跡。」

「痕跡？」

「就是腳印。那裡的起跳點和著地點都是花圃……換言之鋪有土壤。可是上面卻沒有被人踩踏過的腳印。」

「會不會是事後整土消除掉腳印的？」

「從東館到西館，在著地點或許能夠那麼做。但回程又如何呢？」

「回程……啊！」

「從西館跳躍到東館時，西館的土壤上必定會留下往地板奮力一蹬而留下的腳印。可是現場卻沒有那種痕跡。因此不可能是卡蒂亞小姐犯案的。」

我如此斷定的同時，卡蒂亞靠著牆邊緩緩癱坐下去。

「既然這麼說……朔也，前面兩起事件到底是誰幹的？誰能夠不留下腳印在頂樓上跳躍啦！你總不會想說真的是長了翅膀的賽蓮吧……」

「不是什麼賽蓮。在頂樓跳躍的人……是妳對不對？」

我把逼近過來追問的貝爾卡留在原地，走向原本在一旁觀望事態發展的**那女孩**。

「朔？」

女孩——露西歐菈用純真無邪的雙眼看向我。

「咦……？請、請等一下呀師父。跳躍……你說小露嗎！跳躍東館和西館之間嗎！那種事情再怎樣都太勉強了吧！」

「就是說呀，朔也。雖然露確實透過手術裝了義肢變得能夠走動，但再怎麼說……」

百合羽和貝爾卡都反射性地提出反駁。

我則是努力保持心情平靜，把手伸向露西歐菈。

「妳們的意思是她沒有自己的雙腳，不可能辦到那種事嗎？」

接著，我抓住蓋著她身體的毛毯。

「露，這條毛毯可以借我一下嗎？」

「……不行。」

「我想要重新看看藏在底下的東西。拜託了……露。」

「…………朔。」

我把毛毯輕輕地從露西歐菈手中拿開。

霎時，她嬌小的身軀離開輪椅，彷彿野兔般高高跳躍起來。

毛毯有如天女的羽衣飄舞在半空中，一瞬間遮住我的視線。

「露！」

露西歐菈能夠從輪椅起身的事情在之前已經證明過了，然而她剛才那瞬間的跳躍絕不可能是一般義肢能夠辦到的動作。

「住手啊！露！」

就在毛毯落到地板時，露西歐菈已經搶到了卡蒂亞背後。

並且將一把折疊刀抵在對方脖子上。

「噫……！」

卡蒂亞還沒完全理解自己究竟遇上了什麼狀況。

「露……露！妳那雙腳是……？」

貝爾卡的驚叫聲響徹交誼廳。

露西歐菈踏在地板上的雙腳既不是美人魚綜合症（Sirenomelia）的腳，也不是昨天看過的那雙義肢——而是完全不同的另一雙義肢。

第九章　站起來

〈埃利賽奧的日誌〉　日期不明

怎麼會有這種事！
沒想到居然會以這種形式在孫女身上發生變異——
明明阿波羅尼亞的身體在成長過程中都沒出現任何問題的。
是隔代遺傳啊。
藥學之神原來如此冷酷無情。
竟然讓孫女——露西歐菈的身體背負這樣**與生俱來的業障**。
過去的因果非但不讓我逃避、不給我原諒，甚至還要繼續侵蝕我心愛的對象嗎？
這是詛咒……

更甚者，更甚者！

那些傢伙竟然沒有記取教訓，還想繼續研究。

某天收到一封寄信人不明的信件，告訴了我這件事實。

雖然我到最後還是查不出究竟是何方神聖透過什麼管道將那資訊交到我手上，不過資訊的內容很快就得到了佐證。

就是在某個社群中成為話題的一段老鼠實驗影片。

看到片中展示的藥物效果，我便察覺一切。

正因為曾經參與開發，所以我知道。

這是那些傢伙幹的好事。

而且他們還沒有達到成功的階段。

鮑里斯也好，伊薩克也好，他們腦中肯定都這麼想吧——

——假如能夠獲得尤里帶走的資料『伊琳娜報告書』，肯定就能解決問題。

然而就算讓他們得手，使萬靈藥完成，所帶來的結果也想必不是人們的幸福。

只要研發、操作那東西的人物抱著輕視生命、把生命單純視為研究素材的態度，萬靈藥就會奪去人們的人性，成為繼續創造更多犧牲與悲劇的毒藥。

那些人已經一度利用伊琳娜做過人體實驗。不難想像他們身為研究員將會憑著自己的好奇心，涉足更深的禁忌領域。

想必此時此刻也有什麼人正為此犧牲。
那個犧牲者也有可能是未來的鄰人，或者吾友的子孫。
然後那樣的實驗在命運的輪轉之中，又會增加更多像是露西歐菈的孩子。
我必須阻止他們。
如今不能再只是緘默保密，等待自己壽命到來的那一天了。
即便已不年輕，但仍有我能夠做的事。
舉例來說，將席亞蕾庇的名字當成誘餌將那些傢伙騙到這座島上，一口氣**解決掉**如何？
對，引誘他們過來，斷絕一切的元凶。
為了這個目的，首先來畫圖吧。
而且不能只是普通的平凡作品。
必須是最出色的傑作！
我能做的只有這樣了。

□

「祖父大人過世後，露偶然找到那本日誌，明白了一切。」

露西歐菈如此說話的聲音，比起剛才感覺成熟幾分。

百合羽一副腦袋混亂地看看露西歐菈的腳又看看我的臉。

「咦？咦？那雙腳……那是……師父！」

露西歐菈現在裝的義肢並非呈現一般所謂人類腳部的外觀。

表面平滑的板狀素材彎成野兔般柔軟有彈性的曲線，而且前端就直接踏在地板上。

「那是競技運動用的義肢。」

「啊！這麼說來，我好像在電視上看過呢！可是，為什麼小露會裝那樣的東西……？」

「露，妳就是利用那雙義肢跳躍往返東西兩館的頂樓對吧？」

那是一雙使用了板狀彈簧素材、專為衝刺或跳躍設計的輕量型義肢。

「就、就算是這樣，師父，小露怎麼可能做那種……」

「烏魯絲娜小姐，請問妳知道雙足義肢的女子跳遠世界紀錄大概多少嗎？」

從前是個跳遠選手的烏魯絲娜小姐，在這方面應該會知道得比我詳細才對。

她露出難受的表情沉默一段時間，最後擠出聲音回答：

「在紀錄中……有六公尺以上……」

聽到她這麼說，貝爾卡小聲呢喃一句：「是我的兩倍呀……」

「仔細想想原來如此，確實有這可能性。」

費多很稀奇地表現出由衷佩服的態度。

「近年來關於義肢的開發速度可謂突飛猛進，我還聽說在正式大會比賽上甚至是裝義肢的選手會創下較優異的成績，因此成為一項問題。已經是**健全者大人們**不能再馬虎大意的程度了。」

牠最後充滿諷刺地如此作結。

所謂常識是隨時會被改寫的東西。

印象中老爸以前好像也講過這樣一句話。

「真受不了……露總是會讓人驚嘆不已啊。」

最初得知她那雙美人魚綜合症（Sirenomelia）的腳已經換成義肢時，我無意識中擅自認為不會再有下文了。

本來應該無法站立、無法走動的露西歐菈，其實能夠自己站立步行——這項事實讓我感到滿足，而沒有再繼續多想下去。

哈維的事件之後，我幾乎是在不自覺中把露西歐菈排除在嫌疑名單之外。

然而她就像藏了暗層的機關盒子一樣，隱藏著自己下一階段的**腳**。

實際上露西歐菈能夠發揮出不遜於健全者的運動能力——不，甚至比一般人還要會跑，還要能跳。

「妳並不是什麼失去雙腳變得不自由的可憐少女。妳其實——其實能夠跳躍啊。」

「朔，對不起喔，瞞著你這件事。」

如此表示的露西歐菈，聲音是一如往常地惹人憐愛。

同時，這句話也蘊含著**承認一切**的意義在內。

「原來是這麼回事……」

莉莉忒雅感到驚嘆又好像有點不甘心似地開口說道：

「西館頂樓土壤上那個像是被挖過的痕跡……原來是露西歐菈大人的特殊義肢踩過而留下來的呀。」

露西歐菈現在裝在腳上的義肢跟一般腳的形狀大不相同。用那樣的腳在土壤上用力一蹬，留下的腳印自然也會呈現特殊形狀。

「沒錯，當時我們不曉得那究竟是什麼痕跡，一點頭緒都沒有。所以我有拿照片詢問過妳吧？」

我如此說著並且把視線望過去，結果對方的肩膀顫了一下。是烏魯絲娜小姐。

「結果妳告訴我說，那是偶爾會有海鳥飛下來用嘴喙翻挖土壤所留下的痕跡。可是烏魯絲娜小姐……妳那時候一眼看到照片其實就隱約察覺了對不對？察覺那是競技運動用義肢所留下的腳印。」

烏魯絲娜小姐不回答我。

「原本是田徑選手……而且還是跳遠項目代表選手的妳，是不是當場就看出了這點？同時也明白了凶手就是自己的主人露西歐菈。」

「我、我才……！沒有那種……」

「所以妳才會在情急之下胡扯一套說法蒙混過去，為了包庇主人而撒謊。」

我抬頭仰望著天花板，對著虛空說出這句話。因為我實在不想營造出逼問烏魯絲娜小姐的氣氛。

「啊啊……啊啊啊啊！大……小姐……非常抱歉…………！」

「沒關係的，烏魯絲娜。對不起，把妳也捲進來了。」

烏魯絲娜小姐像個少女般崩潰大哭，露西歐菈則是對那樣的她露出微笑。

「多麼美妙的主從關係。」

夏露蒂娜看著那兩人如此說道。

「真希望夏露家的孩子們也能學學人家呢。」

「大小姐，怎麼這樣講！啊，妳該不會還在記恨上次玩文字接龍時我一直用同一個字結尾攻擊妳的事情吧？」

「哦哦，那次。大小姐到途中就鬧起彆扭了呢。」

「夏露就是在講妳們這種地方！」

夏露蒂娜與兩名部下立刻上演了一齣吵鬧劇。

「咳……話說回來，妳原本就知道她那雙腳的事情嗎？」

重振態度的夏露蒂娜指著露西歐菈的腳這麼詢問烏魯絲娜小姐。

烏魯絲娜小姐無力地搖頭回應：

「不……我不知道。是真的。說到底……我連大小姐是裝義肢的事情都真的不知情……」

她這句話應該是真的。

最初發覺露西歐菈裝義肢的那時候，烏魯絲娜小姐的驚訝態度不是假的。

露西歐菈即使對自己親近的烏魯絲娜小姐也隱瞞了義肢的事情。

因為要是自己能夠走路的事情被知道，烏魯絲娜小姐就會更加囉嗦要她走出島外——

露西歐菈當時是這麼說明自己隱瞞烏魯絲娜小姐的理由，但其實還有另一項重大理由。

就是為了今日，為了這一天。

為了讓自己在事件中的行動範圍不被任何人察覺。

「露，我想問妳一件事。」

「什麼？」

「德米特里會在那個時間點到西館去，是不是妳誘導的？」

「……Sì（嗯）。露告訴他：你想找的東西說不定在西館，尤其可能在三樓的什麼地方。因為祖父大人以前經常出入那裡。」

「於是他以為只有自己獲得有用的資訊，得意洋洋地跑到西館去了。然後妳就在那裡襲擊了他，也當場把遺體**消除**。妳果然……是利用床單嗎？」

聽我提到床單，露西歐菈臉上露出有點驚訝的表情。

「正確答案。」

「留在現場的死亡留言也是露寫的？」

對於這點露西歐菈沒有特別做出什麼反應，只是微微垂下眼皮表示肯定。

「像這樣迅速偽裝完現場後，妳又馬上回到了東館。現在回想起來，露，妳當時之所以全身溼透地倒在房間，其實是因為在暴風雨中從頂樓跳回來的緣故啊。還有妳受的傷也是。」

「嗯，著地的時候……露不小心跌倒了。」

她臉上害臊的笑容怎麼看都像個普通的女孩子。

「妳真厲害啊，露。要像那樣跳躍在兩棟房子之間，換作是我絕對辦不到。妳究竟……至今為止做過多少、鍛鍊……」

我講到這邊忍不住語塞。

沒錯，她究竟獨自一個人練習了多久？

如今我才察覺埃利賽奧那間工作室後面的空地、沙池。

那根本不是露西歐菈的遊戲場所。

就算裝了特殊的義肢，也不表示馬上可以隨心所欲地活動。

為了能夠自由跑跳，想必需要經歷一番艱辛努力的日子。

而她就是在那個場所練習的。瞞著所有人，日復一日。

獨自一個人，無師自通。

那份執著強烈到難以想像。

「露是在三年多前開始鍛鍊身體的。然後有一天向祖父大人任性要求，請人訂做這東西寄過來。」

露西歐菈用義肢的腳尖輕敲兩下地面。

「因為能夠隨心所欲地活動身體實在太愉快了。理由就只是這樣，沒有什麼執著。」

原先開始自我鍛鍊並非為了犯案，單純是想要追求身體的自由——她想表示這個意思吧。

「原來如此。而妳在偶然之下發現鍛鍊的成果能夠在這次派上用場是吧？」

「Sì。」

仔細想想，露西歐菈無論對自己信任的烏魯絲娜或者其他任何人，都不讓對方觸碰自己的身體。

這不只是為了避免義肢的事情曝光，原來也是為了不讓自己鍛鍊過的身體被發現。

「可是露……至今到底是把那雙義肢藏在哪裡的？」

貝爾卡這項疑問很正常，不過如今那答案**已經清楚呈現在我們眼前了**。

「她並沒有藏起來。」

「什麼意思……？」

「那東西打從一開始就在我們可以看見的地方了。」

我伸手指向被留在房間角落的空輪椅。

「露的輪椅？你說那又怎麼……………咦？」

貝爾卡重新看向那東西之後似乎也當場明白。

露西歐菈那張輪椅的扶手部分徹底消失了。

「啊！它沒有扶手！」

「那個扶手部分其實就是另一對義肢。」

「什麼！」

「對，露的輪椅是特製的。當中尤其是扶手部分呈現獨特的形狀，而露也告訴過我們那是埃利賽奧為她設計的東西。」

由於板狀彈簧跟輪椅的組裝部分能夠完美結合，讓它徹底化為輪椅的一部分，所以我們很自然地漏看了這點。

其實露西歐菈一直都把第二雙腳帶在身邊，隨時都能夠替換。

至於她襲擊伊凡時的事情，就沒必要再多問了。

露西歐菈的房間距離實際的案發現場111號房很近。

她在襲擊完伊凡後，誘導我們前往303號房，再趁那段時間隱藏遺體與證據。

雖然我原本疑惑露西歐菈有辦法那麼輕易搬動一具成年男性的遺體嗎？不過她只要**用自己的輪椅載著走**，就算是成年男性的身體也能輕鬆搬走了。

伊凡的遺體到現在還沒被發現，但她其實要搬去什麼地方都可以。

「原來是這樣……是妳……是妳幹的！混帳……竟然裝作一臉什麼都不知情的樣子……欺騙我！」

長時間被刀抵著脖子的卡蒂亞大概也多少習慣而有幾分餘力了，開口發出怨恨的聲音。

「還說妳根本不曉得什麼席亞蕾庇的研究資料，如果想找就隨便我們去找！其實全部都是妳設計好的圈套對吧！這個該死的爛丫頭！」

進退維谷的她發出的怒吼帶有令人不禁畏怯的魄力。即便如此，露西歐菈依舊如平靜天空下的大海般面不改色。

「露在整理祖父大人的遺物時，偶然發現了那本日誌。讀過之後，露的人生、露的過去……全都變了樣。露從小時候不管怎麼要求，祖父大人都不願講過去的事情給露聽——露總算明白了那個理由。」

露西歐菈果然早已經發現了埃利賽奧的日誌。

因此得知他壯烈的過去，並繼承了祖父的遺志。

「知……知道了老頭子過去幹下的各種麻煩糾紛又怎麼樣！妳竟然為了**那種小事**……賠上自己的人生，把我們一個一個殺掉嗎！」

「阿波羅尼亞。」

「啥……？」

「在人體實驗途中，祖母大人生下的孩子阿波羅尼亞。那就是露的母親大人的名字，妳仔細記清楚。」

露西歐菈幾乎要貼上去似地靠近卡蒂亞的臉旁如此小聲說道，她用義大利文講話的語氣有種令人不禁發毛的力量。

「日誌中寫的不是從前從前的童話故事，那是延續到露的人生的現實過去。露的這雙腳，還有祖父大人不得不避人耳目默默生活與死去，全部……全部……都是那個叫席亞蕾庇的莫名其妙藥物害的。母親大人因為生了這雙腳給露而一直感到悲嘆，感到難過。到最後患上心病，拖著父親大人一起投海自盡了。」
她的父母……原來並非死於車禍。
「祖父大人也失去了他的人生。不與任何人聯繫，不出島嶼一步，只能不斷畫圖到過世。這些全都是你們的研究導致的。」
祖父的遺志。
過去的收拾善後。
復仇。
「祖父大人擠出最後的力氣完成了《蒼泳的席亞蕾庇》並對外發表，還附加說明會將作品讓給提出正當價格的人。」
「哦哦，昨天妳確實有這麼講過。」
費多說著，表現出回溯記憶的樣子。
「原來如此，那就是用來把那些尋求席亞蕾庇的傢伙們引誘到這裡來的陷阱啊。」
真是快哉——費多彷彿如此讚嘆地露出牙齒。
「到頭來那個正當價格到底多少！」
「1戈比。」
「咦？朔也，你說什麼……？」

「1戈比……應該沒錯吧？在埃利賽奧的日誌中有留下線索，說是以前只有在研究團隊的夥伴之間會開的一種玩笑。」

戈比是主要在俄羅斯等地方至今仍然使用的輔助貨幣。

「我不知道那換算成日圓有多少，但至少可以確定價值極為低廉。」

「那、那也就是說……只有對埃利賽奧最後的作品提出最低價格的人才是**正確答案**嗎！那種價格……沒有人會提呀！」

「對，除了知道那個玩笑話的傢伙之外。正因為如此，可以當成引誘目標上鉤的**餌**。」

席亞蕾庛，以及1戈比——埃利賽奧昔日的朋友們獲知這些資訊後，肯定察覺了一切。

也就是埃利賽奧——不，過去割席絕交的尤里在嘗試與自己聯繫。

埃利賽奧接著把關於這座島的資訊只給予提出1戈比價格的人，告知對方在指定的日期來訪。

那是只有懂的人才懂的訊息。

只要到島上來，就把席亞蕾庛的研究資料給你們——這樣的訊息。

於是伊凡、萊爾、卡蒂亞與德米特里四個人來到了這裡。

他們以為長年失蹤的尤里總算在人生最後萌生了把研究資料交出來的念頭，而來到了這座佇立者之館。

「可是來了才知道埃利賽奧早就死了！只有一問三不知的孫女跟新手女僕。簡直是開玩笑！」

卡蒂亞面貌嚇人地如此怒吼。

「祖父大人……在畫完作品，設下陷阱之後……就像是耗盡力氣一樣過世了。」

「哼，所以你們這群傢伙臨時決定騙露西歐菈說是親戚，然後在這裡住下來了是吧？我看八成是覺得只要住宿這段期間偷偷去把藏在屋子某處的研究資料找出來就行了。你們以為反正對方是不諳世事的孫女，一定可以騙過去對不對？」

「原來如此，所以才假裝成親戚呀。」

百合羽感到佩服似地摸摸費多的頭。

「沒錯！就是因為這孫女……說自己什麼都不知情。說什麼不管賣畫還是跟這邊聯繫的，全部都是埃利賽奧生前委託代理人做的事情！所以我們不得已只好自己去把東西找出來，然後預定早早帶回去的說！沒想到居然會有暴風雨來襲！又有你們這群莫名其妙的團體亂入！害得我們還要繼續扮演這齣家族戲才行！」

對他們來說，想必也是一連串出乎預料的發展吧。

「然而實際上那位孫女早就看穿一切……不只如此，還繼承了埃利賽奧的遺志是吧。你們可謂飛蛾撲火啊。」

Demonia Kavira

若真如此，露西歐菈把這樣一幅作品畫出來的精神力與行動力實在驚人。不過——

「並非一切都完全按照露的計畫發展。像我們遭遇暴風雨來到這裡的事情，根本無從預料。」

「也對，好死不死偏偏在招待預定消除的對象們來到島上的同一天，又冒出偵探漂流到島上。從露西歐菈的角度來看，這點肯定除了不幸以外什麼也不是吧。」

即便如此——即使在聽說我是個偵探的事情之後，露西歐菈也依然沒有中止計畫。

目標對象齊聚一堂，屋外又是難得而絕佳的暴風雨之夜。

她想必認為要是錯過這天就不會再有其他機會了吧。

「那或許是一條困難的路。不過露決定修正原本的計畫，反過來把我們當成證人加以利用，營造出不可能犯罪的狀況。」

例如伊凡的時候就是如此。看準我們齊聚在交誼廳的時機打內線電話過來，使我們誤以為犯案現場位於 303 號房。如此一來『在一樓自己房間睡覺，而且行動不自由的自己』便能排除在嫌疑名單之外了。

「但如果要講不幸，哈維先生的事情也是。無論他的來訪或是後來的死亡，全都是預料之外的狀況。對不對，露？」

露西歐菈閉上眼睛代替回應。

她此刻恐怕正在回想這漫長的一天吧。

「露把它想成了一場試煉。是阻擋在古拉菲歐以及露的目的之前，來自神明的試煉。」

在一名少女賭上人生的戰役中降臨妨礙的試煉。

然而這或許反而點燃了她心中的火吧。

露西歐菈甚至把預料之外的哈維之死都緊急融入計畫的一環，塑造出『賽蓮』這個虛構的凶手。

同時演出一場逼真的獨白，使人覺得正常來想事件應該**就此解決**了。試圖藉此讓自己在之後發生的事件中被排除在嫌疑名單之外。

「露想要保護古拉菲歐的那份心意想必不假。可是在那同時，妳也已經把注意力放到接下來的犯案……也就是自己真正的目的上了。」

雖然我不清楚她是鼓舞激勵了當時氣餒消沉的自己，還是她心中根本沒有糾葛掙扎。

但不管怎麼說，真是不屈不撓的精神。

「呃……關於這點是搞懂了啦……不過……關於卡蒂亞小姐究竟是？」

這時，似乎一直在沉思什麼問題而好一陣子沒發言的百合羽講話了。

「她應該……不是埃利賽奧先生從前的研究夥伴吧？因為年齡上不合呀。」

「的確，假如卡蒂亞小姐是埃利賽奧先生當年的朋友，現在應該超過七十歲了。但關於這個問題其實很單純。簡單來說就是在這段漫長的歲月中，研究團隊依然延續下來了。對不對？」

對於我的提問，卡蒂亞頓時繃起表情，但最後放棄掙扎似地開口：

「沒錯，順道一提，伊凡……那個男人以前就是埃利賽奧的同僚，真正的名字叫伊薩克。」

「伊薩克……」

埃利賽奧的日誌中也有提到這名字，年齡上確實也符合。

然而卡蒂亞接著說出的事實卻令人難以置信。

「另外還有德米特里，那個人也是一**樣**。」

「一樣？」

「就是說，那傢伙同樣是當年研究團隊的一員。名字叫鮑里斯。」

「鮑里斯！跟伊薩克的名字一起登場的那個人嗎！可是他怎麼看都……」

怎麼看都是個小孩子啊。

卡蒂亞對於我的反應似乎感到有趣地揚起嘴角。

「哼，那個人是團隊中腦袋特別奇怪的傢伙。畢竟他把研究過程中創造出來的各種藥物都用在自己身上。造成的結果就是明明謠傳他已經**超過七十歲**，卻能一直保持十幾歲的外觀。」

「什麼？七十！」

「只是外觀而已，內部其實已經殘破不堪，也缺乏體力。而且白天時只要在太陽底下觀察就能看出各種破綻，還有難以告人的嚴重副作用。例如頸部的疹子。雖然他用領巾拚命隱藏起來就是了。哼，畢竟終究只是副產物。世事可沒那麼完美的呀。」

原來他把自己的身體也拿來實驗啊。

卡蒂亞對於自己能夠讓我們如此驚訝而多少感到滿足的樣子。

「如果德米特里實際上這麼高齡……那卡蒂亞小姐，妳是他的……」

「母親是嗎？怎麼可能有那種蠢事。」

卡蒂亞瞪我一眼，不屑地說道：

「恰恰相反啦，相反。**我才是那傢伙的女兒**。雖然我不太想承認這件事。」

霎時，她的眼神遙望遠方。

「畢竟我們在從事的研究，直到成果確立之前終究是無法攤到陽光下的內容。只能夠由自家人接手繼承機密研究。所以這次我們也沒有委託外人，而是親自來到這島上。像這種關係到研究核心的重要資料，我們沒辦法交給用金錢僱來的陌生人呀。」

「不過，團隊中似乎也有人不是那麼想的。」

「哼……你說萊爾的事情嗎？」

對，萊爾自稱是個尋寶獵人。

我猜恐怕是有人透過非法的金錢僱用並送到島上來的吧。

「那傢伙跟我們不一樣。他根本不在乎研究能否成功，只是個用錢僱來的非法之徒。我怎麼可能信任他？所以……」

「所以使計讓他輕忽大意然後下毒殺掉了？」

卡蒂亞毫不認為自己有錯，「是呀」地聳聳肩膀。

「說到底，我們內部長年下來形成了各種派系。大家都想搶先其他人，自己親手完成席亞蕾庛。」

「祖父大人一定是透過什麼管道，察覺了你們研究團隊中不和諧的關係，所以就利用了那份競爭心理。」

露西歐菈冷淡地如此說道。

「哈！或許吧。結果大家一個個被引誘過來遭到一網打盡，簡直是場笑話。」

相對地，卡蒂亞則是有點自暴自棄了。

「講話到此為止。現在就剩下這個人。露要從世界上消滅所有追求席亞蕾庇的人。」

刀鋒微微抵在卡蒂亞的頸部。

「露！等等！」

「不等，露要賭上全心全力結束一切。露這麼發誓過了，不再猶豫。」

「那麼，現在我們知道了那東西的存在，妳也要殺掉嗎？」

「朔……那是………」

肯定不會吧，露不會做那種事情。

我很清楚，我是明知故問這樣壞心眼的問題。

「我明白妳心中的怨恨。雖然也許無法互相理解……不過我能明白那種被詛咒般的東西深植體內的心情。」

不再猶豫？

露真不會撒謊。

我把手伸向露西歐菈顫抖的指尖。

「妳的祖父希望妳做這種事情嗎？他有說過希望妳繼承復仇大業嗎？他之所以收養了變得無依無靠的妳，用心養育照顧，不就是希望妳能得到幸福嗎？」

來，露。

拜託妳牽住我的手吧。
只差一點了，就是那樣。
丟下那把刀，把手伸向我吧——

「真～可惜。時間到囉。」

大富豪怪盜（Celebrity）開口宣告。
同時，整棟房子劇烈搖晃起來。
簡直就像什麼飛彈炸下來一樣——
不……不對。是真的炸下來了。
飛彈！
「怎麼會！還沒到六點吧！」
我轉頭看向時鐘。
「你說那個掛鐘嗎？它晚了十分鐘喔？」
「什麼……？」
「啊啊！真、真的欸！朔也！現在已經……！」
貝爾卡臉色發青地把她愛用的懷錶拿給我看。

上面的針已經指向六點。

「時鐘……晚了……？」

我為了做確認而看向烏魯絲娜小姐的表情，結果她跟我對上視線後表示不知情地搖搖頭。

那麼掛鐘的指針是——

「夏露……！是妳把它調晚的嗎！」

「在說什麼呢？沒有那種證據吧？」

夏露蒂娜在嘴邊用手比Ｙａ，對我露出**充滿魅力的笑容**。

緊接著，屋外連續傳來嚇人的爆炸聲響。

從海面朝著島上，戰斧飛彈一路炸過來。

不久後也落到這棟洋館上。

天花板當場龜裂，碎片、塵埃以及水晶吊燈都掉落下來。

「大家！壓低身子！逃到屋外——」

逃出去又能如何？

飛彈轟炸整座小島。

沒有能夠出航的船隻。

根本已經……無處可逃了。

在飛彈接連灑落之中，夏露蒂娜卻老神在在地坐在沙發上。

自己絕對不會被擊中，不可能會被擊中——彷彿抱著這樣的自信。

「給我等等！妳真的打算炸掉這房子嗎！要是那麼做……研究資料會完蛋呀啊啊啊！」

隆隆轟響中，卡蒂亞宛如嬰孩般放聲大叫，扭動身體。

一根大柱子倒落在我們與露西歐菈之間，發出震耳欲聾的聲音。

「朔也大人！太危險了！」

「不行！我要去救露！」

就在我準備翻過那根倒下的柱子時，一枚飛彈撞破窗戶擊中我旁邊。

剎那，地板就像裝滿浴缸的水拔掉栓子一樣劇烈**彎曲變形**，往下沉落。

我看見自己的右手臂被炸飛。

此刻大家肯定在各處彼此叫喚。

但我的耳朵因為爆炸衝擊而徹底麻痺，什麼也聽不見。

無聲之中，我的身體伴隨瓦礫一起落向深淵。

就這樣，我死——

□

現在還不能死啊！

我吐著血推開壓在腹部的瓦礫，站起身子。

「咳噁……嗚……莉莉忒雅……莉莉！露！大家！」

掉落的地方是那個地下空洞。

猛烈的轟炸把洋館底部都貫穿了。

一起崩落的瓦礫堆積成山，聳立在我眼前。

房屋崩塌導致上空出現一個大洞，讓早晨美麗的陽光灑落下來。

這個場所想必幾十萬年沒讓陽光進來過吧。

「莉莉忒雅！妳還好嗎！」

從背後傳來百合羽的聲音。於是我甩手揮開飛揚的塵土並大聲呼喚：

「百合羽！你在那裡嗎！沒事吧！」

「師父！我沒事！可是莉莉忒雅為了保護我而受傷了……！」

「只是擦傷，對莉莉忒雅來說一點也不算什麼。」

「嗚嗚～！妳還逞強～！」

飛塵散開便看見了莉莉忒雅和百合羽的身影，兩人都只有受到擦傷。但還是讓我瞬間捏了把冷汗。

「費多跟貝爾卡呢……」

就在我想要繼續確認夥伴們的安危時，看到瓦礫堆頂上宛如奇蹟般美麗的姿影。

「……露。」

全身在陽光照耀中，露西歐菈・德・西卡站在那裡。

身上衣服破爛不堪，額頭有一絲鮮紅的血液毫不迷惘地往下流。

從衣服底下露出她幾經鍛鍊過的肉體，緊實到令人看得入迷，呈現強而有力的感覺。

那模樣簡直就像運動選手——像神話中的生物。

「露西歐菈！」

在我之前先叫喚出這個名字的，是烏魯絲娜小姐。她在跟我稍有一些距離的位置，抬頭仰望著露西歐菈。

她或許是腳受傷了，靠手肘匍匐拚命爬向主人的地方。

「請不要再亂來了！求求妳！」

即便烏魯絲娜小姐如此扯開嗓門呼喚，露西歐菈卻始終盯著另一個方向。

在她視線前方的——

「啊哈哈哈！竟然會有這種事呢！」

是卡蒂亞。

上半身浮在水面上，彎著腰發狂似地大笑。看來她靠著躲進水中逃過了一劫。

卡蒂亞更伸手指著水中大叫：

「這裡！**原來在這個地方呀**！『伊琳娜報告書』！」

「妳說什麼！」

我趕緊衝上一旁的瓦礫堆。

「啊！」

然而在途中，我看見有人被埋在瓦礫下。

透過身上的衣服立刻就能知道是誰了。

「伊凡……！」

原來他在 111 號房遭到殺害後，被搬運到這地方來了。愛用的拐杖也掉在遺體旁，握把處沾有已經乾掉的血跡。

他恐怕就是被那拐杖從背後毆打而喪命的。

沒想到居然會以這種方式發現他——

我立刻揮散對他的執著，爬上瓦礫。

最後爬到一處視野良好的地方，探頭望向海中。

看到了——

之前那麼幽暗的地下空洞，如今由於崩塌的影響讓陽光照了進來。

光線把原本一片漆黑的水底照得鮮豔明亮。

在水中的牆面——途中的凹陷處可以看見一只像是密封金屬箱的東西沉在那裡。

經歷長年侵蝕而生鏽，上面還附著各種海洋生物。

「就是那個！絕對不會錯！埃利賽奧……原來你把它藏在那種地方！呀哈哈！不過如此一來！席亞蕾庇就能完成了！」

漆黑的地下空洞，又更深處的水中。

埃利賽奧過去的遺物就沉沒在那樣誰也無法看見的地方。

然而，現在陽光照進來了。

見到眼前的景象，露西歐菈也跟我一樣睜大眼睛。

看來她原本也不曉得埃利賽奧究竟把『伊琳娜報告書』藏到什麼地方去了。

頭頂上又傳來轟響，接著整個地下空間沉重搖盪。

飛彈轟炸還沒停息。

由於震盪的影響，讓那金屬箱感覺隨時都會從凹陷處掉下去。

比那凹陷處更下方是完全的深淵，只要沉落下去就難以再撈起。

「快……快點打撈起來才行！現在那個深度還可以！」

察覺這點的卡蒂亞趕緊想要潛入海中。

「不行！」

露西歐菈從瓦礫堆上一跳，伸手抓住卡蒂亞。

「別來礙事！」

槍聲響起。

露西歐菈的身體一瞬間僵住。

沒多久，水面上鮮血擴散。

「露……！露西歐菈！」

我的腦袋判斷之前，雙腳已經往前奔去。

「不許靠近！」

卡蒂亞射出的子彈貫穿我的大腿。

但我毫不在乎地跳進水中，把手伸向露西歐菈。

啾嗶嗶嗶——！

就在這時，從水中出現一道白色的影子。

是雄偉的海中生物。

過去被稱為白色惡魔——如今則是露西歐菈唯一的朋友。

「古拉……菲歐。」

露西歐菈虛弱地叫出這名字。

「嘎嗚……！什……什麼……！」

古拉菲歐轉眼間就咬住卡蒂亞的身體。

簡直有如負責看管埃利賽奧祕密遺物的守衛。

不，不對。

牠只是想要保護自己的朋友而已。

「做什麼……啦……這畜生……！」

被咬住腰部的卡蒂亞無法動彈，於是她舉槍對著古拉菲歐瘋狂射擊。

古拉菲歐的白色身軀被射出傷口，流淌鮮血。

「不要呀！古拉菲歐！已經夠了！可以了！」

即便如此，古拉菲歐依然堅持不放開獵物。

「放開……我……！呃、喂！等等！你認真的？咦？這……這不是死定了嗎！咳嗯……！我……竟然在這種……地方……我不要！嘎……！咕啵啵……！」

卡蒂亞雖然掙扎到最後，但終究不可能在水中敵得過海中王者。

她被毫不留情地拖進水中，沒過多久便不再動彈了。

結束一戰的古拉菲歐動作流暢地再度把臉探出海面，輕輕擺動尾鰭靠近露西歐菈。

啾嗶。

露西歐菈則是回應朋友般用臉頰磨蹭對方。

「謝謝你，古拉菲歐……對不起。對不起喔…………」

這時，周圍一陣劇烈搖盪。

大大小小的瓦礫從上方掉落到海面，激起水泡。

『伊琳娜報告書』往海底深處掉落了。

「朔也！這邊這邊！」

充滿精神的聲音讓我轉過頭去，發現貝爾卡在瓦礫山堆的另一邊對我招手。費多也在她旁邊。

「你們沒事啊！」

「那種事情現在不重要！快點！這裡要塌了！」

貝爾卡指著通往地上的階梯，也就是昨晚我們到這地方來時走過的那道樓梯。

我看見百合羽攙扶著烏魯絲娜小姐走往樓梯的方向。

「露！」

我再次對露西歐菈伸手。

「一起過來！」

即便我大聲呼喚，她卻沒有回頭。

「一切都結束了！快逃！一起從這裡出去！」

拜託，我求妳——

「露！」

她——這時才總算看向我。

「朔……你在哪裡？」

「……我在這。在這裡啊。」

那對眼眸已經失去光彩。

沒有聚焦的視線望著虛空。

「露呀……好像……流太多血、了。已經、不行了呢。」

血液從她腹部源源不絕地流出來。

她甚至放棄用手壓住傷口，把背部靠在古拉菲歐巨大的身體上。

「全都、結束了……？」

「……對，都結束了，所以……」

露西歐菈虛弱地搖頭。

「露不能回去。因為露殺掉了好多人……」

她的身體逐漸傾斜，緩緩沉入水中。

「等等……這邊！到這邊來！別走！**不是往那邊啊！**」

我趕緊撥水想要靠近她時，古拉菲歐卻插進我和露西歐菈之間。

彷彿在保護露西歐菈般，用鰭包覆她嬌小的身體。

不會把她交給任何人——

她（古拉菲歐）這麼主張著。

「露！」

「吶……古拉菲歐，外面的世界……肯定很遼闊……吧。」

古拉菲歐用她的巨齒勾住露西歐菈衣服。

兩人就這麼一起沉入海中。

緊接著，巨大的瓦礫掉落到我眼前，把我的身體連同水花往後方炸開。

「朔也大人！」

接住我身體的，是莉莉忒雅。

「請快點往這邊，各位都已經避難了。」

「莉莉……我……我……」

「快，請站起來！」

她抓著我的肩膀搖盪。

可是我依舊無法動彈身體。

「誰都沒有救到……誰都沒有。都沒有！」

「朔也！」

任隨心中感情大叫的我，當場被莉莉忒雅賞了一巴掌。

是用腰部使力的強勁一掌。

「喪氣話等一下再說！快點，站起來！」

岩壁如豪雨般崩落的景象中，莉莉忒雅拉著我的手拚命爬向地面。

一路上，她臉蛋都帶著像在生氣的表情。

不，她肯定在生氣。

「莉莉……謝謝。」

對我這句話，她沒有任何反應。

想必是我的聲音被爆炸聲響掩蓋，沒有傳到她耳中吧。

正當我這麼想的時候，莉莉忒雅臉朝著前方說道：

「好笨的人。」

那張側臉，真的好美麗。

終章　蒼泳

天空彷彿被誰塗上顏色般呈現一片鮮豔的蒼藍。

沙灘上有大量的魚類和貝類被打上岸，海鳥們爭先恐後地啄食。

暴風雨過去了。

在地中海發生的這場罕見的暴風雨，據說為各地帶來了嚴重的傷害。

當然，那是我事後才得知的資訊。

「師父，請問如何呢？」

「修得好嗎？」

百合羽和貝爾卡從一旁探頭過來。

「應該吧。但也只是應急修理而已。頂多只能勉強撐回巴勒摩。」

我從船底出來，用力伸展筋骨。

畢竟從一早就用仰躺的姿勢窩在船底下，搞得全身痠痛。不過這下總算能夠出航了。

「辛苦了，朔也大人。話說，有隻寄居蟹在你頭上爬喔。」

莉莉忒雅指著我的頭如此提醒。

於是我把寄居蟹抓起來放生到碼頭一根柱子旁，接著走向稍遠處坐在圓木上的烏魯絲娜小姐。

「請問腳還好嗎？」

「傷口已經緊急處理過了。我沒事，精神也很好。」

她面帶微笑，將綁上支撐物的腳給我看。

「我們可以順道把妳送到街上喔？真的不用嗎？」

我如此提議，但烏魯絲娜小姐卻搖搖頭。

「我留在這裡等待警方過來。」

我們目前打算暫時先回巴勒摩一趟，把畫廊島（Galleria isola）上發生的事件通知當地警方。

當然我們會老實回答警方問的問題，不過要說是否會全部都講出來嘛，這就無法保證了。

「這樣啊，我明白了。」

頓時，我和烏魯絲娜小姐之間陷入沉默。

雖然也不是因為感到尷尬，但我忍不住開口詢問：

「烏魯絲娜小姐，請問妳為什麼願意做到那種地步？」

「……你指的是？」

「我拿照片給妳看時，妳不是包庇了露嗎？另外還有在許多地方，妳都對她極為關心，甚至關心過度。」

在我看來，那感覺已經超越了單純幫傭與主人之間的關係性。

烏魯絲娜小姐一瞬間浮現出似哭似笑的表情後，開口說道：

「那孩子的母親……阿波羅尼亞據說是第二次結婚時生下了露西歐菈。不過其實第一次結婚時也生過一名女孩子。」

「……妳該不會就是……」

在沙灘的另一頭，貝爾卡與費多正在玩耍。貝爾卡撿起漂流到岸上的小樹枝，拿到費多鼻子前搖一搖。

她接著把樹枝遠遠拋出。可是費多完全不做反應，一步也沒動。

拋樹枝的本人於是「真是的～！」地一邊抱怨，一邊自己去撿樹枝了。

「選手生命斷絕後，我失去了活下去的目標。而當時默默給予我援助的，就是埃利賽奧爺爺大人。雖然我們只是透過書信往來，並沒有實際見過面就是了……而我就是在那時候得知自己有個同母異父的妹妹。」

貝爾卡再度擲出小樹枝，結果一道影子立刻朝著樹枝直奔而去。是百合羽。

「我希望有一天能夠見面，但一直拿不出勇氣……就在這麼猶豫之間，我得知爺爺大人過世，留下了那孩子孤單一人。於是我總算下定決心，這次一定要見面。而實際見到面後，那孩子真的純真可愛，像寶石一樣。她成為了我的寶物。然而……我無法承認自己是她姊姊。」

「那是……為什麼？」

「那孩子對於島外的世界一直感到很害怕。她堅決認為自己的家人只有祖父大人，除此之外什麼都不要。如今才突然冒出一名見都沒見過的女性，主張自己是妳的姊姊……這種話我講不出口。」

「因此妳選擇最起碼做為女僕，和她一起生活。」

「表面上裝得好像我在扶持那孩子，但實際上是我──空無一物的我在依賴她呀。」

轟炸與崩塌都停息之後，我們有分頭去各處尋找。然而到最後無論古拉菲歐或露西歐菈──都沒有找到。

「雖然我一直在想……總有一天、要把真相告訴她的。我……真的、好笨……」

烏魯絲娜小姐的哽咽都溶解在微弱的浪潮聲響之中。

Galleria isola畫廊島的地面到處變得坑坑疤疤，洋館也塌了大半。

至於當初下達這種指示的罪魁禍首——正站在碼頭前端眺望著水平線。

之前那艘潛水艇就停泊在那裡，看來她們已經做好打道回府的準備了。

「解謎，辛苦你囉。」

我從背後靠近夏露蒂娜，結果她頭也不回地如此開口。

「現在想想，或許席亞蕾庇就是埃利賽奧的處女作呢。是他做為一名研究員創造出來的第一件，也是最後一件，受到詛咒的作品。」

在卡爾密娜幫忙撐的陽傘下，那套深紅色禮服隨風搖蕩。

「雖然最後全部都被炸飛，不過夏露過得很開心，就不計較了。好啦，那就——」

「……妳以為我會這麼放妳逃走嗎？」

我如此挑釁後，站在她左右的卡爾密娜與阿爾特拉都露出嚇人的恐怖表情瞪了過來。

「朔也辦得到那種事嗎？你感覺都快站不穩囉？」

「很難講。還是說，要換個地點到瑞吉蕾芙再做個了斷？」

那才是最初的目的地。

「瑞吉蕾芙？」

夏露蒂娜頓時「真是愉快」地笑起來。

「對了，我們有做過那種約定呢。不過朔也，現在沒有必要特地到那種地方去囉。」

「……沒有必要？」

「因為，**它已經過來這裡了**。」

就在這時，我看見遠處海上有個巨大的影子。

雖然它應該很早之前就有進入視野，只是我顧著跟夏露蒂娜講話而直到此刻都沒發現。

那影子逐漸朝我們這方向靠近。

帶著壓倒性的質量聳立在我們眼前。

那是無比巨大、堅固而充滿威嚇感的——

「那就是我的別墅——空母瑞吉蕾芙。」

「原來……不是島嶼嗎……」

「哎呦，我的經濟特區可是比一般島嶼還來得大喔？」

前來迎接的小艇迅速靠到碼頭邊。

小艇上可以看到新登場的部下們，全都武裝待命。

夏露蒂娜在卡爾密娜與阿爾特拉兩個人輔佐下登上小艇。

她接著又轉回頭，一副理所當然地對我伸出右手。

「要一起上船嗎？」

我答不出來。

「雖然不保證會平安航向日本就是了。」

大富豪怪盜（Celebrity）說著，嘻嘻笑起來。

「……哎呦，各位的表情都這麼可怕呢。」

不知不覺間，大家都聚集到我背後。

莉莉忒雅、百合羽、費多、貝爾卡。

他們雖然裝得若無其事，但其實都在強忍著受傷的疼痛。

在這種狀態下，闖入夏露蒂娜的陣地中實非明智之舉——嗎？

雙方瀰漫著緊張的氣氛。

最後，夏露蒂娜一臉無趣地嘆氣。

「算了，也罷。反正昨晚跟朔也聊得夠多了，這次就到此為止吧。」

她接著比個暗號，小艇便隨著引擎聲返回海上。

我們則是靜靜注視著夏露蒂娜，以及橫臥在她後方的瑞吉蕾芙。

□

「好，要出發囉！」

「來吧，師父！上船上船！」

「呃，別推啊！」

我們的船結束修理，總算勉強浮在海上。

雖然跟早已離去的那艘夏露蒂娜的航空母艦相比起來，簡直有如水面上的枯葉般不可靠就是了。

「貝爾卡，這次操舵可別再失誤了。那當然！相信我相信我！」

小船載著我們緩緩離開島岸。

烏魯絲娜小姐在碼頭對著我們揮手。

她已經沒在哭泣了。

一股莫名的感觸忽然湧上心頭，讓我不禁轉身背對小島。

結果一轉過去，莉莉忒雅的臉就近在我面前。

「嗚哇！嚇死我了！搞什麼啦，莉莉忒雅。」

「朔也大人。」

「哎呀~這次也遇上了好多嗆人的事啊。」

「……請問你身體還好嗎？」

莉莉忒雅愁眉苦臉地拉住我的袖子。

「身體？是很疲累啦，不過如妳所見，好得很。或者說唯有這點是我的長處啊……」

妳也應該很清楚吧？——我說著，轉動手臂給她看。但她的表情依舊開朗不起來。

「而且這次跟以往不同，我還勉強保住一命沒死啊。妳想想，就是被飛彈轟炸的時候。」

我為了想辦法讓她安心，又如此補充。

連我自己都覺得，真虧我當時能平安無事啊。

關於這點，實在要好好稱讚自己一番。

然而——

「朔也大人……請問你都不記得了嗎？」

莉莉忒雅用力皺起眉間。

「你那時候**死了**喔。」

「咦？」

死了？

「不，沒那種事。我掉落到地下之後，馬上就爬起來……」

「不，朔也大人當時被巨大的瓦礫壓扁身體……確實死亡了。可是我才趕到你身邊，你就復活了。」

速度快得嚇人——莉莉忒雅這麼表示。

「一瞬間……復活了……？我嗎？」

所以連我自己都沒察覺到自己其實死過了？

就像人瞬間打瞌睡一下很難察覺一樣。

至今從來沒有以這麼快的速度復活的經驗。

過去和轟炸當時，究竟有什麼不同？

「啊……」

不對，仔細想想，時間好像逐漸在縮短。

也就是我死而復生所需的時間。

這背後代表著什麼意義？

——現在，檯面下的世界正開始捲起巨大的渦流。然後，朔也，那個渦流正是以你的不死特徵為中心在旋轉的喔。

我的身體發生了什麼事？

就在這時，船身劇烈搖晃，讓莉莉忒雅失去平衡撲倒在我胸口。

「哦喲！」

兩人近距離四目相交。

莉莉忒雅慌慌張張從我身上離開……我本來以為會如此，但她卻沒那麼做。

她抓著我的手臂，感覺比剛才更加擔心地抬頭看著我。

那對美麗的眼眸中，映出地中海的藍天。

「呃……抱、抱歉。」

為什麼是我道歉啦？

「師父~剛才搖那一下，你沒事吧？總不會又從船上掉下去了？」

為我擔心的百合羽從船後方鑽出頭來。

我趕緊和莉莉忒雅拉開距離，用手抓抓頭。

接著為了掩飾順便表示抗議，「貝爾卡！」地對著操船室大叫一聲，結果立刻傳來「對不起~」的回應。

經歷這一下後，剛才瀰漫我心中的不安思考頓時煙消雲散。

「總之我沒事啦。莉莉忒雅也太愛操心了！來，大家一起回……」

——……

什麼？

剛才好像——

總覺得從遠方海上傳來什麼聲音，讓我忍不住抬起頭。

於是我豎起耳朵，擦亮眼睛，尋找聲音傳來的方向。

可是眼前終究只有一片平靜的水平線，什麼都看不到、聽不見。

什麼都——

「莉莉忒雅……剛才…………」

「請問怎麼了嗎？」

「…………不，大概是我聽錯了。」

我仰望天空，深深呼吸。

每當船艄撥開海浪，就會激起白色的水花飛過臉頰邊。

那景象在我眼中看起來莫名像是柔軟的羽毛。

也許是海鳥，也許是天使，也許是賽蓮，諸如此類的羽毛。

雖然我跟莉莉忒雅講說是自己聽錯，但我確實有聽到。

我聽見了。

在大海的盡頭。

聲音尖銳，感覺莫名不安定——宛如知曉愛的人所唱出的歌聲——

「莉莉忒雅。」

「是。」

「不用針也不留下縫線做襯衫……妳覺得這種事情辦得到嗎？」

「史卡博羅集市呀，那真是一道難題。」

莉莉忒雅稍微思考一下後，「不過……」地說道：

「假如從一條線開始編織，或許總有一天能夠完成吧。」

聽到這出乎預料又精采的回答，我頓時講不出話來。

莉莉忒雅有點害臊地探頭看向我的臉。

「請問這樣的答案不夠充分嗎？」

「……呃不，嗯。說得也是。」

這不是不可能的事情。

不是不可能。

對不對？

妳覺得呢——露。

古拉菲歐！這邊喲！

【殺人魔的日常】

KillWonder

「人類的腦袋會不會也存在類似隱藏指令的東西呢？」
對於我不經意的提問，上終石羽砂張大嘴巴僵住了。
那是當人想要回應什麼話，但最後什麼也講不出來時的表情。
「妳不要傷腦筋得那麼明顯嘛，羽砂。」
「啊，不，那個，對不起。呃，請問你在講什麼？什麼隱藏指令？」
羽砂坐在我工作房的沙發，原本享受著我泡的特製紅茶。不過她很正經地把茶杯放回桌上之後，擺出談話的姿勢。
「就是那個啊，遊戲裡不是很常見嗎？在說明書上沒寫的隱藏指令。依照特定順序按下手把上的按鈕之類的。妳都不玩遊戲的？」
「是不太玩，原來老師你意外地是個遊戲玩家呀。」
「我玩很多喔，尤其喜歡復古遊戲。」

「不錯呢，復古！可以感受到歷史。」

還真是單薄沒有內涵的發言。她絕對沒搞懂復古遊戲的美好。不過可愛的態度值得稱讚。

新手編輯羽砂是剛從大學畢業的二十二歲新鮮人，真希望她能永遠保持這份什麼也沒想的率直精神。

「然後啊，只要輸入隱藏指令，大部分的遊戲中都會讓角色變強。」

「只要輸入而已？」

「對，不需要任何道具，也不用任何努力就能獲得超強的力量。」

「那不就是偷懶作弊嗎？」

「是偷懶作弊啊。所以我在講的就是，那樣美夢般的事情會不會也發生在現實世界的意思。」

「唉……我說，哀野老師，你趕稿的時候在胡思亂想什麼呀？」

「就是因為正處交稿日迫在眉睫的趕稿之中啊！會想說這種時候如果有什麼隱藏指令就好了啊！例如畫圖速度增加為三倍之類的！」

我是一名漫畫家。

筆名哀野泣。

現在連載中的作品叫《薩莫色雷斯家的尼克小姐》。內容描寫沒有頭部的非人女主角為了追捕把自己的頭砍下帶走的殺人魔，而發生各種鬧劇的動作推理漫畫。

連載媒體是很符合現代潮流的線上雜誌。

雖然創刊初期還是個乏人問津的冷門雜誌，不過最近接連刊出話題作品，讓雜誌本身也逐漸受到注目。

「請你不要偷懶了，認真坐在畫桌前加把勁吧。難得這陣子老師的作品也開始受到讀者們支持呀。」

「要是能夠自由操作腦袋就好了～」

「呃，你還要繼續講這個話題？但那種事情根本不可能呀。難道你的意思是說要去動個大規模的外科手術，把腦袋啪咖一聲打開來嗎？」

「那樣太麻煩了！沒有那種時間！不過妳想想，不是說人在思考事情的時候，腦中會有微弱的電流傳導嗎？」

「是沒錯。好像叫神經細胞什麼的？」

「對對對。既然這樣，把那些電流訊號的模式組合起來編成一種指令，是不是就能按下大腦中隱藏的按鈕了？」

「唔？嗚嗯～？」

「也就是讓特定的單字或風景依照特定的順序、間隔浮現腦中，對大腦傳送某種電流訊號的組合模式啊。舉例來說像是義大利麵、石龜、化學染布、皇太子、被馬踩的曼陀羅花、火焚祭、口香糖、埃德加・愛倫・坡、心形的流星。」

「完全沒有關聯性呀。」

「是沒有，所以地球上的人誰都不會用這樣的順序浮現腦海。」

「原來如此。會偶然按下那個按鈕的人根本好幾億人之中只有一人，所以才會叫作隱藏指令呀！」

「哦？妳也懂了！就是那樣！要把這樣的話語排列稱作咒語也行，稱作大腦的解壓密碼也可以。假如透過讀取這個指令可以激發出大腦的潛在能力，那不是很棒嗎！」

「對呀！例如可以變得跑很快！」

「例如推理能力或ＩＱ暴增！」

「或者還能獲得**不死之身**！」

「啊～……那好像、也不錯啦。」

一來一往的對話就此中斷。

郵差機車經過屋外小徑的聲音傳入耳中。

這裡是我當成住家兼工作室而在郊外租的獨棟房子，住戶只有我一個人。由於建在偏僻的地方，安靜得讓我很喜歡，但偶爾還是會像這樣感受到送信郵差的氣息。

「雖然說，這些前提必須是上天真的有偷偷在人類大腦暗藏那種隱藏指令就是了。」

「為什麼要那樣拱人上臺又忽然拆臺啦？不過這想法真有趣呢！拿來當成漫畫題材或許意外有搞頭喔？」

「沒搞頭啦。像這種在概念上不易理解的題材，對於喜歡我作品的讀者群來說絕對不會有興趣。」

「是這樣嗎？老師你在莫名其妙的部分想得很現實呢。」

「畢竟我的漫畫又不是什麼藝術品啊。就是這樣，完成。」

「哇！聊著聊著居然就把原稿畫好了嗎！」

我把剛出爐的原稿遞給羽砂，結果她立刻撲到稿子上讀了起來。

她是從這個月才成為我的責任編輯沒多久，不過感覺很有幹勁，很不錯。

「雖然從草稿階段就已經看得出來了，但果然好有趣！太有趣了！」

瞧她對原稿的完成度開心得讓微微內捲的鮑伯頭秀髮左右搖擺的樣子，怎麼看都還像個高中生。

「呼……」

趁她在確認原稿內容的這段期間，我坐在工作椅上大大伸個懶腰後，把視線望向堆在桌邊的郵件。

櫻紅色的美麗信封疊成了一座小山。

「那麼老師，這個月的原稿我確實收下囉！」

羽砂很有精神地站起身子。

「啊～嗯。」

「哦呦呦？請問你是怎麼了？好不容易撐過水深火熱的趕稿作業，卻一點都沒精神呢。因為累了嗎？所以我平常才會嘮叨說要你去請個助手嘛。」

「不是那樣啦，只是這陣子有點事情讓我很掛心。」

「咦！那可非常不好呢！我接受商量喔！做為老師的責編！」

「憑妳～？」

「雖、雖然我或許還不像上一任的前輩那麼可靠啦！但人家也是很努力的！」

羽砂用力豎起她那對可愛的眉毛。

「嗯嗯，好啦，知道了。謝謝妳喔。其實讓我在意的是這個。」

我說著，從桌上的信堆中拿起一封信給她看。

「信封……請問是誰寄來的信嗎？啊！該不會是粉絲信！」

「雖不中亦不遠矣啦。」

我從信封中拿出信紙攤開來。

「這個啊，是我的第一位粉絲寄來的信。」

「果然！真不錯呢。頭號粉絲到現在還會像這樣寄信支持。」

「是沒錯啦。只不過這孩子，現在已經完全黑化了。」

「咦？」

「詳細內容我不便透露，但簡單來講就是信中提到要把我殺掉。」

「咦咦！」

這位寄件人似乎對《薩莫色雷斯家的尼克小姐》中登場的帥氣刑警很鍾情，可是由於某些因素而對那個角色的愛開始失控了。

「殺掉……那不就是脅迫信了嗎！」

「應該算吧。」

「你怎麼可以這麼悠哉啦！」

羽砂為我感到擔心而真的動怒了，她想必是在良好家庭中被養育長大的吧。

「難……難道說老師桌上堆積如山的那些信……全部都是？」

「是啊，全～部都是同一個人寄來的。」

「直接寄到老師家嗎！我現在才想到，通常粉絲信應該是寄到編輯部才對吧！」

「通常是那樣。不過這孩子不知怎麼查出我這裡的住址了。真是強烈的執著心。我終於也有這種所謂的『狂熱粉絲』啦。」

「這已經不叫粉絲，完全是個跟蹤狂呀！」

「順道一提，對方寄來的信件除了這些之外還有兩、三百封左右，我保管在那邊的資料室。妳要看嗎？」

「太危險了！現在馬上找編輯部商量吧。還有警察也——」

「不，沒必要。」

我家責編的耿直個性雖然討人喜歡，但現在我希望她能克制一下那樣直率的態度。

「咦！為什麼！」

「這件事，丟給警察處理**太可惜**了。我反而希望透過個人，私底下深入這樁事情。」

「……啥？」

羽砂聽完我的主張，當場發出這樣聽起來很呆傻的聲音。

「請問你在講什麼呀……？什麼太可惜，人家聽不太懂……」

「我～就～說，那樣太浪費的意思。寫這些信來的人物勾起了我的興趣，所以我想私下調查看看。」

「怎麼這樣！對方可是惡質的跟蹤狂呀……！」

「假如只是單純的脅迫，我也不會這麼執著。而且真要講起這些信的內容，以這類行徑過頭的粉絲提出的主張來說也很老套。」

「既然這樣，為什麼……」

「在信中寫到的某個**漢字**讓我感到有點在意啊。」

「漢字？什麼漢字？」

或許她本人沒有自覺，不過羽砂只要鬆懈下來，有時就會冒出很像學生的講話方式。

「幽靈。」

「幽靈？請問這文字有什麼讓人在意的部分嗎？」

「不告訴妳～」

「咦～！都講到這邊了還保密！我是編輯呀！是責編呀！怎麼可以對我隱瞞事情！」

「羽砂，那發言，有點沉重喔。」

「為什麼要講這種話！」

羽砂不甘心地跺起地板，我還是第一次見到現實中有人會做這種動作。

「確實啦，我當上老師的責編經驗還很淺！不像伊豆原前輩那樣有成績！但是我對工作的熱情絕不輸人！一直都是抱著拚死的覺悟努力精進、輔佐老師呀……！」

「年輕人不要那麼輕易就把死掛在嘴邊啊。」

人們經常會有獻上自己生命當成代價的想法。彷彿那東西本身具備特別的價值或力量，以為只要扔出來，最起碼也會像石炭之類能夠創造推動事物的能量。

生命才沒那麼高檔的價值啦。

「妳的心意我很高興，不過這是寄到我家來的信件。換言之，是私人的東西。只要我說妳別干預，這話題就到此結束了。」

我如此嚴正表示拒絕後，羽砂「嗚嗚……」地呻吟起來。

那模樣令人越看越覺得可憐，於是我若無其事地換了個話題：

「講到伊豆原啊，他到現在還沒聯絡嗎？」

當我一提出這個名字，羽砂的表情就黯淡下來。

糟糕，看來我挑錯話題了。

伊豆原是上一位擔任我責編的男人。

名叫伊豆原臣斗。

二十六歲。

興趣是登山與滑雪。

當初被派到自己沒興趣的漫畫編輯部時，他一開始還很不知所措的樣子。不過後來找出了對工作的熱情，成績變得扶搖直上，成為一名前途無量的編輯——本來應該如此的。

「什麼聯絡都沒有……伊豆原前輩，究竟怎麼了呢……明明身為老師的責編，工作那麼有熱忱，卻忽然變得連編輯部都不來了……」

「已經一個月了吧？」

「……是的。雖然我們姑且有報警，但好像都找不到線索的樣子。」

「這樣啊。」

我把身體靠到椅背上，仰望天花板。

這樣啊，這樣啊。

「真是教人擔心呢……」

我們之間難得沉默了頗長一段時間。

最後是羽砂「不過……」地小聲呢喃。

「什麼？」

「呃不，那個………嘿嘿，不過也由於這樣讓我從前輩手中接棒成為老師的責編，這對我個人來講……該說是心情複雜嘛……」

「羽砂……」

「因為自從去年在出版社的派對上跟老師初次交談之後，我就一直夢想著有一天可以成為老師的責編……呃……」

「真讓人開心的一句話啊。」

「啊！不！剛才這發言太不正經了！請當作沒聽到！務必拜託～！」
「我不會對誰洩漏這種事情啦。妳應該也知道我沒朋友吧？」
「這點我是知道……啊……對不起。」
「妳也太老實了。雖然我自己剛剛才那樣講，但其實我好歹也有一些朋友好嗎？很少就是了。」
「是這樣嗎？」
她居然真的感到驚訝。
難道我這個人看起來那麼孤獨嗎？
「有啦！前陣子才交了個朋友！在我去取材的飯店偶然認識的！」
「……該不會是個女孩子吧？」
「是男孩子啦！妳那眼神是什麼意思！才不是什麼不可告人的朋友好嗎！」
「這樣喔～」
「相信我啊！再說，假設是女孩子好了，那又怎麼樣啦？妳應該沒有權利約束我的交友或戀愛關係吧！」
「要這樣講嘛，是沒錯啦。但畢竟老師你做為一名漫畫家，現在是很關鍵的時期。我還是要姑且勸告一下，請不要沉迷於其他事情上分了心喔。」
「我知道。」

自從當初抱著紅不紅聽天由命的精神出版的《薩莫色雷斯家的尼克小姐》第一集，出乎編輯部的預料紅到再版之後，周圍的大人們都頓時找回了對工作的熱情。剛才提過的『接連刊出話題作品』，其實當中有一部就是我的漫畫。

也多虧如此，我原本做為漫畫家那樣空蕩蕩的未來計畫，最近開始逐漸被排滿了。

「現在想想，老師把出道以來的作品風格徹底改變實在是正確的選擇呢！雖然我身為一名讀者起初也感到很困惑，不過作品變得充滿刺激感，非常有趣喔！」

有許多人願意閱讀我的作品自然是很高興的一件事，但過度忙碌也令人傷腦筋。

「但願不要影響到正業就好了。」

「請問你說了什麼嗎？」

「嗯～我在講說可以拿來用的題材差不多快沒庫存了，該怎麼辦才好的意思。」

我若無其事地敷衍過去，不過現在想要新的題材也是事實。

「哦哦，關於這點我也希望自己能夠提供老師各種協助，只是力不從心……」

「我沒有期待妳啦。」

「怎麼這樣！」

「所以說，回到剛才的話題。就是現在**這個**，很吸引我的意思。」

我把信紙收進粉紅色的信封中，放回桌上。

「假如可以從中撿到什麼有趣的題材……之類的。我工作很有熱忱對吧？」

「那樣的想法我是明白了，而且身為責編，聽到老師這麼講也難以反對。不過……就算為了尋找題材，也請你別太亂來喔。即便不靠那麼冒險的刺激題材，靠老師的實力也能從稀鬆平常的題材中畫出有趣的漫畫……」

「稀鬆平常？那樣可不行。既然好歹以漫畫家自居，就要將未知畫成已知，把已知畫成未知才行。」

「請問那是什麼意思？」

羽砂用力把眉頭擠到中央。那表情彷彿在說：這漫畫家又在發表什麼高論了。

「沒有什麼意思，就是字面上的意義。把還沒有人畫的東西畫出來讓人知道，然後把眾所皆知的理所當然畫成全新的東西。僅做到其中一邊是不行的。我認為這才叫創作表現。」

「哦……原來如此……原來如此？」

她真的有聽懂嗎？

「簡單來講，就是只做平凡的事情一點也不有趣的意思嗎？」

「大致上是沒錯啦，但被妳替換成那麼簡單的話語，就會讓我的名言聽起來沒啥內涵了。拜託妳別這樣。」

「我覺得這樣講別人會比較好懂呀……總之，對於老師在創作上的堅持與執著，我也沒有要否定的意思啦。」

「妳真的很理解我這個人啊，一點都不像個新手。」

「為什麼要忽然稱讚人家……啊！」

羽砂這時看著自己的手錶大叫起來。

「糟糕！都這個時間了！我必須快點把原稿帶回編輯部才行！老師，感謝您的交稿！」

「好啦好啦，辛苦囉。」

「不過下次如果可以再早一點完成，我會很高興的！老師辛苦了！」

身為編輯不忘警告我一句後，她便從門口飛奔出去了。

「今天也是熱鬧了一番啊。」

羽砂離去後，家中霎時變得一片安靜。

我接著好一段時間就這麼眺望著時鐘的指針，等待房間內被攪拌過的空氣回到平常的樣子。

望著時鐘滿足之後，我從椅子上站起來，用恭敬有禮的腳步走向隔壁的資料室把門打開。

這間資料室一如其名，房內排列有好幾個書架。古今東西各種書籍整整齊齊地收納在架上。我這一絲不苟的個性從以前都沒變。

放在腳邊的紙箱中塞滿了粉紅色的信件。

也就是來自那位黑化粉絲的信。

每一封我都有仔細閱讀過。

畢竟要好好珍惜自己的粉絲嘛。

資料室的深處還有另一扇門，通往一間三坪左右的小房間。

我緩緩打開那扇門。

「已經沒事了。」

我客氣地對房內的一片幽暗如此說道，但對方沒有回應。

雖然說，那也是當然的。

從天花板被垂吊下來的男子和我對上視線。

把他吊在這裡的人就是我，而被吊的這名男子就是伊豆原臣斗。

他還活著。

只不過嘴巴被徹底塞住，所以他不可能回應我。

「羽砂已經回去囉，你放心。」

我抱著由衷的關懷告訴對方羽砂已經離開的事情，結果男人對我眨了兩、三下眼睛。

「嗯，你剛才肯定很害怕吧。」

伊豆原臣斗。

這一個月左右，他失蹤了——大家是這麼想的。

編輯部的上司或同僚也好，他的家人也好，肯定都是這麼以為。

然而那並非出自他本人的意思。

這不是什麼因為工作太累所以不告知任何人就踏上尋找自我之旅之類的。

事情發生在他消失蹤影的前一晚。

伊豆原臣斗從工作地點徒步返回自家的途中，被一輛車從背後追撞而受了相當嚴重的傷。

一方面也由於車禍發生在幾乎沒有人會經過的小路中，讓他當時都沒被人發現而差點死亡。實際上假如放著不管，他肯定就這麼死了吧。

撞上他的車輛絲毫沒有要停車的意思，直接朝著黑夜離去。

道路上沒有留下煞車痕跡。

換言之，那位駕駛是故意撞上他的。

為什麼我會知道得這麼詳細？

當然是因為我從頭到尾都有目擊到啦。

在偶然之下……呃不，好像也不能說是偶然。

總之講到當時人在現場的我做了什麼嘛，那就是把無法動彈的伊豆原搬上自己的車，載回自家了。

沒有報警也沒有通知醫院。

後來我努力為他治療傷勢，給他吃東西——倒吊在這房間了。

無論手腳或頸部都牢牢固定，讓他完全不動。

他的雙腳當時徹底粉碎性骨折。如果立刻綁上固定器治療或許還有望復原，然而像這樣在車禍之後立刻倒吊起來的話，骨頭肯定再也沒辦法接回原處了。

要說我為什麼做這種事嘛……當人發現有弱小的生物倒在路旁性命垂危的時候，不是會用手帕之類的包起來暫時先帶回家嗎？

小學的時候有做過這種事吧？

然後將牠解剖，為牠做個墓之類的。

當時我只是做了類似的事情而已。

「就在剛剛，我順利畫完了稿子，現在心情很好喔。」

我哼著鼻歌，走近伊豆原。

「今天的畫筆也很順呢。」

即使已經交棒，但這男人好歹是我的前任責編，因此我姑且向他報告一下工作進度。

「接手你工作的那孩子，表現很不錯。雖然有點熱血過頭的地方啦。」

我從近距離盯著那雙上下顛倒的眼睛。

「你剛才肯定怕得要死吧，畢竟**跟企圖撞死自己的犯人在同一間屋子裡**啊。」

反正這種事沒必要賣關子，我就直說了：當時開車撞伊豆原臣斗的人物就是羽砂。

這點千真萬確，因為我清楚看到了她坐在駕駛座握著方向盤。

伊豆原恢復意識後，當我告知他這件事情時，他打從心底感到驚訝與恐懼。

為什麼那樣天真爛漫的女孩會想開車撞死自己的同僚——起初我還搞不清楚。

然而羽砂接在伊豆原之後被選為我的責編並接觸幾次後，我馬上察覺了。

她是為了當上我的責編而想消除掉伊豆原。

當然，實際下手之前她應該在出版社內部偷偷做好了準備工作。使得當伊豆原萬一遇上什麼理由離開公司時，保證自己可以被選為接棒人。

她對此事的熱情就是如此強烈。

如此瘋狂。

雖然羽砂藉由天生的開朗個性與可愛之處讓別人難以發現這點，但終究瞞不過我的眼睛。

她實際上是個為了心儀或憧憬的對象，甚至能夠踐踏他人性命的出色女孩。

世人或許會將那樣的事情以及具備那種特質的她，視為扭曲的存在、邪惡的傢伙。

這點其實無所謂，不過她扭曲的部分也只有這裡。

除此之外，羽砂真的是個好女孩。

細心體貼，具備懂得察言觀色的溫柔個性，又認真努力。

包含這些特質在內，都讓我相當中意羽砂。

因此我沒有對她出手，想說今後也暫時繼續跟她保持漫畫家與編輯的關係相處看看。

「哦哦對了，羽砂真的很擔心你的事情喔。像今天也是。」

畢竟當時伊豆原被我帶走，所以想當然耳，到了隔天都沒人發現他的遺體，也沒特別被媒體報導出來。

因此——自己當時該不會沒殺乾淨？

會不會哪一天對方帶著警察跑到編輯部來抓人——

羽砂一直在**擔心這種事**。

順道一提，我沒有讓她知道我把伊豆原保護下來監禁在自己家裡的事情，不過羽砂就是企圖殺害伊豆原的犯人這件事實，我已經告訴伊豆原了。

所以我才會同情他**剛才肯定很害怕吧**。

「話說回來，你的生命力真的很強。原來人類在這種狀態下也可以活這麼久啊。」

我離開他身邊，將手伸向電燈開關。

房間頓時「啪！」地變得明亮。

牆壁、地板、天花板——

房內各處都貼有大量的照片。

全都是我貼的。

照片內容是我至今殺害過的對象。

不分國籍、年齡與性別，我與各種人物之間的回憶都在這裡。

因為我巴不得讓伊豆原也能欣賞這些照片，所以第一天很勤奮地裝飾了這房間。當時我的心情有如小時候快到聖誕節時裝飾房間一樣開心。

這一個月來，伊豆原就在莫名其妙的心情下一直眺望著這些照片。

好啦，時機成熟了。

「嬉原耳——這就是我的名字。你記清楚吧。」

我對伊豆原重新自我介紹起來。

「雖然說，那跟我**真正的名字**也不一樣啦，不過大家通常都用嬉原耳稱呼我。」

伊豆原看起來還沒搞清楚狀況。

「如你所知，我是個漫畫家。對於身為前任責編的你來說或許是廢話吧。但其實我有另外的正業。對，正業。那就是──殺人。那才是我的工作，是我的天職。然後這些就是我留下的軌跡。」

我說著，示意貼在整個房間的照片，結果他總算也察覺出什麼了。

那眼神在問我：你到底是誰？

「我不是哀野泣。**真正的哀野泣**已經不在世上了。過去勉強才擠進新人獎，後來加入漫畫家行列的**他**被我殺掉了，然後我繼承了他的容貌與名字。」

當時我剛越獄出來潛伏在東京。就在那個時候，我遇上了哀野泣。

他可以跟我很合身。

直覺這麼告訴我。

於是我拜託一名從以前就經常互相幫忙的密醫，把我的臉整形得跟哀野一樣。

當然，他身為漫畫家的頭銜我也一併繼承了。

雖然也因為這樣，讓作品風格稍微……不，應該說大幅改變，但我也是有努力模仿過他的風格啊。

羽砂說她在去年的派對上有跟我見過面，但其實那不是我。那是生前的哀野泣本人。

「你的表情在說，為什麼我要刻意跟漫畫家替換身分，過這種顯眼的生活是吧？答案很簡單。因為我的自尊心無法接受自己每天恐懼著警方或世人的目光，提心吊膽地躲起來生活。即便是替換來的人生，我也要全力享受。這是我的決定。」

我就是這種人。

這種「人類」。

「很抱歉忽然講這種事情給你聽喔。不過我希望你能夠知道我的全部，知道之後再去死後的世界。」

伊豆原頓時睜大眼睛。

「沒錯，我現在要把你殺掉了。我想要你早一步先到那邊的世界去，然後……呃～上帝也好閻羅王也好，總之把我幹過的事情全部告狀給那樣的存在知道。」

我對至今殺害的對象都有拜託過同樣的事情。

沒有一個人例外。

接著，我將預先準備好放在房間角落的大盆子拿到伊豆原的頭部正下方。

他臉上流著上下顛倒的眼淚。

「你想活下去對吧。但是很抱歉，我早就決定要這麼做了。再說，你還不是從我家偷偷摸走了手錶啦、高級鋼筆之類值錢的東西嗎？嗯？你以為我都沒發現？我馬上就知道了。畢竟每次你來討論工作的事情之後都會有東西不見。所以很抱歉，我去調查了一下你的經歷。包括你的成長史在內，全部的事情。你啊，好像從小時候手就不太聽話嘛。」

雖然說因為沒留下前科，所以只是連小偷都稱不上的程度就是了。

調查伊豆原的那段日子真的很有趣，當中有多到通常一個人難以負荷的大量故事。

也多虧我為了調查而跟蹤他的緣故，才讓我得以目擊他被羽砂撞到的瞬間。可以說讓這行動有了更深的意義。

「你同樣也是一路背負著那樣難以抑制的天性，努力活到了今天啊。那究竟有多麼辛苦，我非常能夠體會。」

講話途中，我已經把刀子深深刺進伊豆原的喉嚨。

如瀑布般湧出來的鮮血轉眼間就填滿盆子。

伊豆原全身痙攣了好一段時間。

「其實我本來還打算再繼續跟你一同生活久一點的，只是現在我有點事情必須出遠門啦。所以決定稍微早一點把你殺掉了。」

就這樣，我誠心誠意地殺死了親愛的伊豆原。

「一路來謝謝你，伊豆原。到了**那邊的世界**就拜託你囉。」

當天之內就把遺體處理得一乾二淨後，隔天我穿上自己最好的一套衣服出門了。

＊

開著愛車前往市區的路上，用汽車音響盡情播放著前衛搖滾的各種名曲。
隨意丟在汽車中控臺上方的那封熱情的粉絲信不經意映入眼簾。
「大粉絲寄來的信。怎麼教人不在意嘛～」
當遇上在意的事情，我的個性就是不調查到底不罷休。
反正剛交完稿，羽砂或編輯部也不會來礙事。
好啦，來趟小小的取材之旅吧。
不過……
「一個人旅行也很無趣。」
既然要旅行，真想約個朋友一起去。
「朋友……朋友…………啊！」
正當我邊想邊開車時，經過一家面朝大馬路的咖啡廳前。
在那家店的窗邊座位上，我看見了那個人的身影。

這次跟伊豆原的時候不一樣，是貨真價實的偶然巧遇。

「是阿朔！」

我當場開心不已，立刻讓車子回轉掉頭了。

【形狀詭異的齒輪】

我不是個值得誇獎的人。

當然，也不是什麼優秀的刑警。

我最起碼還有這點程度的自覺。

想要消滅社會上的犯罪行為啦，想要拯救世間一切弱小啦——我亮出自己的警察手冊可不是為了這些英雄式的目標。

人世無恙。

善事也好，惡事也罷，但願雙方都在適量之中讓地球旋轉下去吧。

不過要謹記，終究是「**適量**」。

這才是關鍵之處。

過度不是好事。

一點都不好。

最初的七人（Seven Old Men）。

要是讓那種傢伙們恣意妄為，各種標準就會變了樣。

到時肯定會變得無法再向誰主張什麼「**適可而止**」或「**恰如其分**」吧。

擾亂行動、暴力革命、顛覆國家——到最後來場最終戰爭嗎？

雖然這種事情感覺就像我老爸那個時代流行過的科幻故事，但我聽說那群傢伙是真的有可能搞出這種事、辦到這種事的存在。

簡單來說，就是一群能夠把保持在絕妙平衡之下的世界胡亂攪和一番，讓一切都完蛋的傢伙們。

既然如此，就算身為不優秀的刑警先生也講不出「隨他們去吧」這種話了。

好歹也要起身稍微努力一下。

但話雖這麼說——

「請注意，漫呂木刑警，務必跟牢房之間保持一定的距離。」

守衛表情緊張地對我說明注意事項。

「雖然身為**SOM對策小組**成員的您應該用不著人擔心就是了……」

「饒了我吧。那只是前陣子才被硬套在我頭上的頭銜而已。不過既然能親眼拜見謠傳中的尊容，我會遵守注意事項啦。」

但話雖這麼說……

我也萬萬沒料到自己竟然會被分派到專門對付Seven Old Men的對策小組啊。

我本來還期待哪位英雄能夠現身，把那群脫離常軌的罪人們一網打盡地說。

無奈我終究是個公僕。

上頭有令也不得不從。

不過話說，這能夠算是升遷嗎？

嗯～總覺得不太對。

算了，怨言擺到一邊。

現在先盡己所能吧。

「請往這邊。」

守衛帶領我在走廊上行進。

途中跟幾名年輕人擦身而過，當中有男有女。

「喂，從剛才一直跟我們擦身而過的，那些人是守衛嗎……」

我對走在前方的守衛開口詢問。

「應該不是吧？服裝完全不一樣，難不成是囚犯？讓他們擅自出來走動沒關係嗎？」

「不，那些並不是囚犯。但也如您所言，跟我們這些守衛也不一樣。」

「那到底是什麼？」

「是 auto-worker。」

「auto……噢。」

我聽不太懂。

但我嫌麻煩就沒再繼續多問，乖乖跟在後面走了。

最後，一扇看起來格外厚重的門出現在我們眼前。

門板森嚴緊閉。

「不過，請問您是認真的嗎？真的要會面？」

「沒什麼認真還說笑的，這是工作。」

「這樣啊……」

「再說，我們根本沒有挑選的餘地。如今最初的七人（Seven Old Men）之中唯一還沒有越獄的，就只有關在這裡的傢伙啊。」

「這麼說……也沒錯。請開門。」

守衛透過無線對講機向控制室如此要求後，眼前的門便左右打開，出現一條通往深處的通道。

「這裡請您獨自進去，那位女性就在前方。」

「人物……女性……是嗎？」

我對守衛的講法感到有點在意而看過去，結果對方一臉尷尬地把視線從我身上別開。

「啊，呃不……」

他還年輕，從眼神看起來應該還沒喪失對工作的熱情。

「請您注意，身上絕對不要攜帶電子機器類的物品。」

「那我剛才已經聽過了。所以手機和手錶剛才都寄放了。那我走啦。」

我晃一晃空空如也的雙手，邁步朝通道前進。結果這時從背後又傳來年輕守衛的聲音：

「另外，漫呂木先生，最後再提醒一點。」

「還有啊？」

「請您務必小心，不要被她的率直乖巧給俘虜了。」

「……你在講啥啊？」

率直乖巧不是好事嗎？

假如我將來有了小孩，還巴不得能夠養育成那樣的孩子呢。

我在上級命令下來到的這地方，是屈斜路特級監獄。

以一所監獄來說，歷史並不長，但也因為這樣配置有最新的設備，是一棟先進設施。

嶄新的通道足足延續了將近五十公尺。

接著又是一道門。

門板在我到達的同時彷彿早已準備好似地打開，大概是有人透過設置在天花板的監視器確認我的動向吧。

特別房就在那扇門後。

一大塊純白的空間中沒有多餘的東西。

只有正中央一間宛如玻璃展示櫃的房間。

簡直像是無菌室——不，應該說美術館。

「三百六十度強化玻璃圍出來的獨立牢房是嗎？其實用old school（傳統）的鐵柵欄也行的，真愛營造氣氛。」

我手插著口袋，沿透明牢房周圍繞圈。

牢房中央有顆灰色的球體。

直徑不到一公尺。

從任何角度看起來都一樣，毫無新鮮感。

「……這是啥？裝飾嗎？」

一瞬間，我還以為這裡真的是美術館。

雖然沒那種事就是了。

「不……等等，說到底，**在哪啊**？」

我繞完了牢房周圍一圈。

可是最重要的囚犯身影卻哪兒也沒看到。

「喂，不在這啊。」

這不是我自言自語，而是對著**肯定**有透過監視器偷聽現場狀況的守衛們講話。

「難道要從別的牢房帶過來而晚了嗎？」

結果幾秒鐘後，房間內響起守衛透過麥克風講話的聲音。跟剛才那名守衛是不同人。

「不是的，漫呂木先生。那正是她的獨立牢房。她就在那裡。」

「啥？你在耍我？」

在這種近未來的場所跟我打禪機？

「我並沒有在耍您。請問您沒看過資料嗎？」

「我一上任就讀過了啦，也有確認過照片裡的樣子。」

「您看的恐怕是她啟動模式下的姿態吧。」

啟動？

「她現在**就在您眼前**。」

「什麼在我眼前……喂，總不會是**這個**吧……？」

就在我察覺一切的瞬間，牢房中的球體忽然發出聲音：

「看來你很緊張的樣子呀，漫呂木薰太警部。」

簡直就像對方剛才在耐心等待我理解一樣，時機算得剛剛好。

那聲音低沉而理智，但同時也有如聲帶本身被粗魯研磨過似地充滿無機質感。

「失禮了。畢竟很久沒有人類到訪這裡，所以我不小心就用休眠模式的狀態迎接你了。」

下個瞬間，原本只是個灰色球體的那玩意忽然拆解為許多零件朝各種方向移動。

互相連動的零件們宛如立體拼圖般組合成另一種形狀。

「讓你久等了。」

短短五、六秒左右，眼前的球體就變形成一具高度將近三公尺的人型機器人。

我內心的少年忍不住呢喃：

「居然是變形機器人啊……」

雖說是人型，但也只是有手有腳，用兩隻腳站立——僅此而已。實際上跟真的人類一點都不像。

全身是粗獷的灰色金屬材質。

臉部中央亮著一盞綠色單眼。

外露的關節部分給人的印象完全是重型機械或兵器。

受不了，真有魄力啊。

但我現在可不能被對方嚇傻。

於是我刻意往前踏出一步，看向對方眼睛——應該是眼睛的部分。

「或許應該講很榮幸初次見面吧，作夢機械（Android）。」

「初次見面。不過漫呂木薰太，我希望你能稱呼我為費莉塞特。」

「難道妳對名字有什麼堅持嗎？像人類一樣？」

「沒錯，我有堅持。」

對方如此回應，完全不受我的挑釁發言影響。

費莉塞特。

通稱作夢機械（Android）。

徒刑六百三十八年。

是名列最初的七人（Seven Old Men）之一的大罪人。

大罪**人**……然而就像現在看到的，費莉塞特是個機械。

不是人類。

百分之百純機械。

然後——

「當沒有其他人的時候，我會進入剛才那樣的休眠模式。畢竟呈現球體的話，睡覺翻身也比較方便對吧？」

它具備智能，具備人格。

某位科學家在瘋狂的執著與理念之下，最終創造出來的人格搭載型獨立機器人——這就是費莉塞特的真面目。

費莉塞特是機械——即便如此，卻基於人類的法律被定罪，像這樣關在監獄中。

然後被列入最初的七人(Seven Old Men)名單。

這些事情說來有些話長。

就我來看，完全是難以理解而令人發毛的存在。

費莉塞特低頭看向心中懷抱這些感想的我。

「剛才那是一句玩笑話，難道不好笑嗎？」

它每次發言的時候，眼睛的光線就會閃爍。

「換句話說，嚴格來講我並不需要睡眠或重新啟動，但我刻意用『睡覺翻身』

這樣生物性的習慣……」

「機械開的玩笑生硬得讓人聽不下去，稍微上點油吧。」

我姑且如此回應後，費莉塞特的身體突然「嗶吭嗶吭」地發出古怪聲響。

「真有趣。你這句話讓我笑了。值得學習。」

呃，原來剛才那是笑聲？

「漫呂木薰太，你明明在緊張之中卻能如此表現，實在了不起。」

「……妳剛才也這樣說過。妳說我在緊張？到底從哪裡看起來會以為我……」

「確認體表微量發汗，心跳速度也上升中。」

對方不等我把話講完，就用平淡的語氣念出關於我的資訊。

完全正確。

它竟然一下子就看穿了。

「不好意思，我稍微掃描了一下你的身體狀況。」

連這種事也辦得到啊。

看來這具粗獷而異樣的機械身體中配備有各式各樣的功能。

「假如順利出獄，妳乾脆去健檢診所工作算了。」

嗶吭嗶吭嗶吭。

「嗶吭嗶吭的吵死了！廢話到此為止！我今天來這裡可不是為了陪妳聊天，是來告知死刑的執行時間。所以——」

「體溫又上升了。漫呂木薰太，說謊不好。從我口中問出關於最初的七人（Seven Old Men）的資訊——這才是你的目的吧？」

「……呿！對啦，沒錯。」

我從口袋拿出雙手展開。

「到頭來像這樣被妳掃描一堆的話，繼續跟妳玩把戲也沒意義，我就直說了。我是認為妳可能會知道什麼資訊才來的。還是說出賣同伴資訊這種行為，即便是沒有心跳沒有體溫的機械也會感到內疚？」

與越獄的最初的七人（Seven Old Men）相關的資訊——那確實是我們調查小組，不，是日本政府恨不得想要獲得的東西。

那些傢伙原本收監於世界各國的森嚴監獄之中，然而這幾年就像事先串通好似地接連越獄。

最終成為關鍵爆點的，各界認為就是當年把最初的七人（Seven Old Men）逼到絕境並成功逮捕的最大功臣——不死偵探・追月斷也之死。

當然，讓囚犯越獄的各國政府與司法機關都遭到究責，時至今日依然飽受世界各國嚴厲非難。

換言之就是面子全丟光了。

然而唯獨收監於這座屈斜路監獄的費莉塞特，到現在依然沒有越獄得逞。

多虧這樣，如今在跨國犯罪與反恐領域上，日本正逐漸提升在國際社會的發言權，也開始被視為對抗SOM的掌旗人。

而既然現在只有眼前這個費莉塞特尚未越獄，是唯一能夠會面的最初的七人（Seven Old Men），警察組織自然會想盡辦法要從它口中獲得資訊。

當然，跟這種特A級罪犯接觸的行為，也讓很多大官們難以贊成，不過我這次是從上級獲得**特別許可**才讓這場會面得以實現的。

人在職場就是要靠**升上大官的前同僚**啊。

殺人魔（Kill Wonder）。

國家級武力（War Lord）。

人類愛食家（Rancid）。

世界情人（Empress）。

大富豪怪盜（Celebrity）。

破戒偵探（Sleuth）。

「不管哪一個都好，我想要知道分散躲藏於世界各地的這些傢伙的資訊。別以為我不曉得，妳能夠與世上所有網路系統連接並竊取資訊對吧？雖然聽起來活像幾十年前的科幻題材，但既然妳能辦到這種事，應該無所不知才對。」

透過五感享受網路世界，連接任何資訊。

這就是費莉塞特教人感到棘手的技能。

再加上演算能力相當於超級電腦什麼的。雖然我數學不太好，所以不是很明白這有多厲害就是了。

「要不然關於妳本身的資訊我也很歡迎。」

「然後你要把資訊帶回去在你主人耳邊竊語嗎？就像福金和霧尼那樣。」

「我對神話不熟啦，總之妳快點說。」

「你明明身為人類卻對自己世界的起源沒有興趣？」

「神話是神話。傳說故事和現實世界沒有關係。聽好，妳跟我撒謊也沒用。假如有必要，我就從妳腦袋把電路板拔出來直接抽取資訊。如果不想被這樣亂搞，妳就乖乖……」

「嘴上叫我不要撒謊，你自己卻又再次說謊了，漫呂木薰太。剛才明明才說過不玩把戲的，真是奇怪的人類。」

受不了，真的有夠難搞的。

沒錯，剛才這些話全都是在唬它而已。

要是真的能辦到那種事，早就有人幹了。

既然到現在都沒能從費莉塞特口中問出資訊，還要特地派我過來會面，就代表人類目前還沒有技術或方法能夠解析費莉塞特。

也就是說——費莉塞特使用的技術完全是超科學的東西。

正因為如此，我除了老老實實當面拜託它「請妳告訴我吧」之外，別無他法。

「沒有人能夠從我身上竊取資訊。」

「……真了不起的自信。」

「另外，讓我再告訴你一件重要的事。」

「啊？」

「我不說謊。」

費莉塞特這句話聽起來莫名讓人印象深刻。

「既然要強調自己是老實人，就更應該乖乖招供吧。」

「老實與否和要不要按照人類所求行動是兩回事。」

費莉塞特伴隨一陣驅動聲響，朝我伸出金屬製的粗腕。

「話說回來，你剛才問我出賣同伴的資訊會不會感到內疚對吧？讓我再次提出糾正，我們並不是什麼同伴。至少我沒有和任何人共同行動，也沒有互相串通。」

我注視著眼前分成三叉的手指緩緩地開閉。

「我們不是團隊，也不記得有自稱過是最初的七人。那只是你們擅自稱呼的而已。」

「也就是說，妳沒有任何能夠出賣的資訊？」

「不，我有。」

「搞什麼啦！那妳快說啊！」

它的確很老實。

「要不要講由我決定。」

「都被關到牢裡了態度還這麼囂張。妳想要痛過一番之後再慢慢招供嗎？就算無法解析，或許還是有什麼辦法破壞妳喔？」

「警察組織的施暴或拷問行為並非好事。現在已經不是那種時代囉，漫呂木薰太。」

「妳有資格說嗎！妳以為當初為了逮捕妳，有多少鎮暴隊員跟自衛隊員遭到犧牲！」

「當時我也有受到來自人類毫不留情的攻擊。難道你要說就算被槍口瞄準，全身中彈，也必須保持不予抵抗嗎？你們人類有時候講話簡直亂七八糟。」

「這渾蛋……」

「再說了，漫呂木薰太，你剛說要讓我痛過一番，但我並沒有痛覺。因此也不會痛過一番。雖然我本身是很想嘗試看看所謂的痛是什麼感覺就是了。」

真的有夠難搞。

明明話語可以通，心卻不相通——就是這種感覺。

「胡言亂語一堆。」

「都是真心話呀。」

這樣下去也不是辦法。

我想起自己剩下的時間，這次獲准會面的時間並不多。

再加上手錶被拿走也不曉得正確時間，這點更加讓我感到焦躁。

「無論如何妳都不想交出資訊是吧……」

「很遺憾，現在不行。但既然你難得來了，若不介意，我可以提供另一項資訊。」

「另一項……？」

「不過，前提是你要答應我一個請求。」

「要我放妳出去可辦不到喔。」

「沒有那麼誇張。我也不會要你把性命交出來之類的，放心吧。」

「呿！」

被對方主導步調雖然教人不爽，但假如因此能有所獲，也許值得交涉看看。

「好啦，如果是我能力可及的事情，我會考慮看看。」

「約好囉。」

「所以妳快點給我說出來。是什麼資訊？」

「是關於追月斷也。」

「啊……？這、妳……」

冷不防冒出這個熟悉的人物名字，害我一時講不出話來了。費莉塞特就在這時後告訴了我決定性的資訊：

「追月斷也還活著。」

「什麼……？妳……妳、這話……當真……沒騙我吧？」

「我不說謊。是真的。他還活著。」

費莉塞特用缺乏起伏的語氣如此平淡表示。

還活著。

追月斷也……

斷也先生還活著。

「是……是這樣啊……這樣啊！」

雖然還在執勤中，但我實在忍不住大叫起來。

搞什麼。搞什麼啊！

害人這麼擔心！

不死偵探，果非浪得虛名！

追月斷也的生還。

這對人類來說是一項天大的好消息。

「那麼斷也先生現在人在哪裡？如果平安無事就讓他現身啊！」

「只要答應我的要求，我就說。」

「要求……這麼說來妳還沒講那內容是啥啊。說說看吧。要我帶瓶注油器來給妳上個油嗎？」

就在我如此開玩笑的瞬間……

房間燈光驟然熄滅，讓周圍陷入漆黑。

緊接著立刻切換為緊急照明，把房間照得一片紅。

「怎、怎麼回事！喂！發生什麼事了！」

我趕緊對守衛呼喚。

這明顯是異常事態，他們不可能沒有掌握狀況。

「難道有誰越獄了嗎！」

這時一名年輕守衛回應我：

「不、不是的，漫呂木先生！並不是那樣！」

「那是怎樣！」

「就是……設施突然失去控制了……！」

「你說什麼！」

「哇啊啊……！所、所有牢房門鎖忽然擅自打開……！不只是這樣！整座監獄的出入口全部被封鎖——」

擴音器傳來的聲音這時中斷。

「出入口被堵住……了？」

「漫呂木薰太，這下你已經不能離開這座設施。誰都不能離開。」

在紅色房間深處，費莉塞特的眼睛發出光芒。

「這渾蛋……是妳搞的鬼！」

雖然我不清楚究竟怎麼辦到，但這點毋庸置疑。

「我的請求只有一件事。」

費莉塞特低沉的聲音傳來。

模仿我們人類發出的機械語音。

那聲音隔著強化玻璃對我說道：

「我希望你們把偵探——追月朔也帶到這裡來。」

後記

小學一年級的夏天，我在游泳課一開始的時候就患了中耳炎。
結果那年夏天我完全無法參加游泳課，在游泳學習上大幅落後了同班同學。
隔年夏天回歸課堂時，在游泳池中經歷過的那段絕望，我至今也無法忘記。

「大家是水黽……我是毛毛蟲！咕嚕咕嚕……」

就這樣，直到現在我依然對『水中世界』抱有恐懼意識。但也因為如此，同時懷抱強烈的憧憬與好奇。

游泳池也好，大海也好，池塘湖泊也好，水中景色總是神祕而美麗的事情自是不用說。

另外，又讓人覺得有某種極度「恐怖」與「哀傷」也溶在其中——自從那年小學的夏天以來，這般奇妙的感覺一直存在我心中。

因此我會喜歡閱讀「孤島模式作品」這種被「水」圍繞的推理小說，在某種意義上或許是理所當然的事情吧。

好啦，這次跨越上下兩集發展的「孤島模式作品」，還請讀者們欣賞到最後吧。

Killed again, Mr. Detective.

你又被殺了呢，偵探大人

浮文字
你又被殺了呢，偵探大人3
（原名：また殺されてしまったのですね、探偵様3）

著　　者／てにをは　繪　　者／りいちゅ　譯　　者／陳梵帆
執 行 長／陳君平　美術總監／沙雲佩　國際版權／黃令歡、高子甯
榮譽發行人／黃鎮隆　美術編輯／陳聖義　內文排版／謝青秀
協　　理／洪琇菁　執行編輯／石書豪
總 編 輯／呂尚燁　文字校對／施亞蒨

出　　版／城邦文化事業股份有限公司 尖端出版
台北市中山區民生東路二段一四一號十樓
電話：（〇二）二五〇〇—七六〇〇
傳真：（〇二）二五〇〇—二六八三
E-mail: 7novels@mail2.spp.com.tw

發　　行／英屬蓋曼群島商家庭傳媒股份有限公司城邦分公司　尖端出版
台北市中山區民生東路二段一四一號十樓
電話：（〇二）二五〇〇—七六〇〇（代表號）
傳真：（〇二）二五〇〇—一九七九

中彰投以北經銷／楨彥有限公司（含宜花東）
電話：（〇二）八九一九—三三六九
傳真：（〇二）八九一四—五五二四

雲嘉以南／智豐圖書有限公司
（嘉義公司）電話：（〇五）二三三—三八五二
傳真：（〇五）二三三—三八六三
（高雄公司）電話：（〇七）三七三—〇〇七九
傳真：（〇七）三七三—〇〇八七

香港經銷／一代匯集
香港九龍旺角塘尾道六十四號龍駒企業大廈十樓 B&D 室
電話：（八五二）二七八三—八一〇二
傳真：（八五二）二七八二—一五二九

新馬經銷／城邦（馬新）出版集團 Cite（M）Sdn. Bhd.
E-mail: cite@cite.com.my

法律顧問／王子文律師　元禾法律事務所
台北市羅斯福路三段三十七號十五樓

二〇二三年十一月一版一刷

MATA KOROSARETE SHIMATTANODESUNE, TANTEISAMA Vol. 3
©teniwoha 2022
First published in Japan in 2022 by KADOKAWA CORPORATION, Tokyo.
Complex Chinese translation rights arranged with KADOKAWA CORPORATION, Tokyo.

■中文版■

郵購注意事項：
1.填妥劃撥單資料：帳號：50003021戶名：英屬蓋曼群島商家庭傳媒(股)公司城邦分公司。2.通信欄內註明訂購書名與冊數。3.劃撥金額低於500元，請加附掛號郵資50元。如劃撥日起 10～14日，仍未收到書時，請洽劃撥組。劃撥專線TEL：(03)312-4212 ・ FAX：(03)322-4621。E-mail：marketing@spp.com.tw

國家圖書館出版品預行編目資料

你又被殺了呢，偵探大人 / てにをは作；陳梵帆譯. -- 1版. -- [臺北市]：城邦文化事業股份有限公司尖端出版：英屬蓋曼群島商家庭傳媒股份有限公司城邦分公司發行，2023.11-
冊； 公分
譯自：また殺されてしまったのですね、探偵様
ISBN 978-626-377-099-7（第3冊：平裝）

861.57 112013902